坂井　寛

東京図書出版

第一章

一

信濃國、伊那谷は夕暮れが最も美しい。春、夏、秋、そして冬も。日が沈むと空と山の稜線がくっきりと描かれ、それが段々と薄れ、やがて消えてゆく。

伊那の谷は、東と西に高い山々が連なり、その挟まれた間を天龍川が流れている。垣本茂は、今この天龍川の土手に、馬から降りて佇んでいる。暴れ天龍と呼ばれているが、今、流れが緩やかであるのが恨めしい。

「これからどうしよう、このままでは捕まってしまう」

と茂は腕を組んで考えていた。あたりには誰もいない。あれこれ考えているうちに、時間がたってしまったようだ。段々薄暗くなってきた。馬に積んだ荷物は取りあえず身の回りのものを急いで集めて来たが、食べ物のことなど気づくはずはなかった。馬は、何も知らなかったように、土手の草を食べている。

二

文久二年八月十三日、茂の妻、若江が長女を出産した。信濃の枕詞であるすゞにあやかって、壽ゞ（す）と命名した。塩澤朔右衛門と母、トシはたいそう喜んで、毎日孫の顔を見るのが楽しみで、抱いたり、あやしたりしていた。

九月になったある日、信州飯田藩の役人をしている義父が藩会議を終えて、血相を変えて帰って来た。

「おまえの所にいる息子はどういう男だ、子供もいるそうじゃあないか」

「京都五條木屋町から来たそうですが、俺の長女と仲良くなって、別宅に住んでいるんだが、なかなか律儀で好青年ですよ」

「じゃあ、京都から何をしに来たのか知っているのか、まさか倒幕で来たんじゃないのかい」

と会議中、同僚が発言した。

「伊那谷は、国学平田門人が多いと聞くし、まさか門人ではないのか」

「出身からして怪しいぞ」

「飯田藩に危険人物がいたら、藩の責任問題になる、堀親義様は、すぐ先日まで、幕府の奏者番をしていたのだからな」

と次々と発言が続いた。

「八月三十一日は平田門人の伴野村、松尾多勢子が京都へ行ったとうわさがある。和歌を習いに行ったとかいうが、本当の目的はなんだ」

「外国船の動きとか、水戸浪士の動きとか、この頃、世間が騒がしくなってきた。徳川幕府もその動きに注目し、各藩は警備をきびしくするように通達が来ている」

「京都では何人も処刑されたそうだ」

「京都木屋町は、志士たちの密会、潜伏先というわさもある」

「朔右衛門、このままではおまえの所にも疑いの目が向けられる。何とかしないと、息子と娘だけではなく、おまえ自身の命が危なくなるぞ。それでいいのか」

と本日の会議の議題はそっちのけで、全員が朔右衛門に注目した。

本日の会議の目的は、飯田藩主堀親義が、九月二日に、幕府の典礼を行う「奏者番」が廃止されたことに伴うものであった。

「茂と若江、ここに来なさい。今日、飯田藩の会議で、おまえのことが話題になった。前にもおまえから聞いてはいたが、なぜ京都からこんな田舎の島田村に来たのか、何が目的か、詳しくほんとうのことを知りたい。京都で何があったんだ」

「私の祖父は、大和守を歴任した垣本雪臣です。私が五歳の時に亡くなりました。父は、御室（おむろ）御所官人を歴任した、治部少輔（じぶのしょう）の垣本義忠といいます。私が八歳の時亡くなりました。私は、長男でしたが、母の許しを得て、世間の見聞を広めるため、中山道から江戸に行き、東海道を通って、京都に帰る予定でした。しかし、この土地が気に入って、逗留するうち、偶然、島田村で若江さんと出会ったのです」

「親たちは、朝廷の役人であろう。おまえは、平田門人ではないのか」

「私は、平山省斎の神道大成教に惹かれていまして、平田門人ではありません」

「そうは言っても、この若いのに京都木屋町から来たとなれば疑いの目は向けられる。捕まったらどうなる。今、何歳になる」

「二十七歳です」

「まだ若い……若江と別れてくれ。若江も、二人の気持ちはわかる。好き合っていることはわかる。だからこそおまえ達の身の安全のためだ。壽（す）〻のためだ。茂はどこかへ行ってしまったことにする。命があれば、何とかなる。飯田藩に呼ばれたらどうなるかわからない。そうであろう」

「わかりました。義父さんの立場こそ気をつけてください。私より、義父さんの身の安全が気になります」

若江のお母さんトシは、娘を抱きしめて、泣いている。

「何とかならないんですか、むごいですよ」

「若江さん、一年半と少々だったけれどありがとう。私は、祖父、父を亡くし、お母さんと今まで生きてきたけれど、ようやく若江さんと会えて落ち着いて、生活ができると思ったんだけど、……これまでほんとにうれしかった」

「茂さん、私は別れたくありません。どこまでもついて行きます」

「命があればまた出会うこともできます。もしものことがあれば終わりです。壽〻をしっかり育ててください」若江は涙が止まらない。

「若江さん、壽〻がお嫁さんになるとき、父はこういう人だったと語ってほしい。私の家系は、ずっとたどれば、菅原道眞になります。道眞の祠と系図を京都から持って来ました。これを持っていてほしい。話はつきないけれど、どうにもならない……おやすみ」

二人はこの晩、一睡もできなかったことは言うまでもない。

茂は、隠れて身の回りの荷物をまとめていた。若江には黙って出て行こうと思った。

壽ゞが時々乳を求めて大きな声で泣いている。急なことで行くあてなどなかった。馬の背に荷物を括り付けて走らせた。「若江、達者でな」茂は、心の中でそう叫んだ。涙で先が霞んで見えなかった。京都から出立した時と同じように孤りに戻ったなと思った。

三

茂の生まれた、京都木屋町は、鴨川のすぐ西の高瀬川沿いにある。大阪方面から、高瀬川を通って、薪炭、木材の集積地となっていて、材木問屋、材木商の倉庫、店舗が並んだことから、木屋町と呼ばれるようになった。

今年の、京都の夏は特に暑かった。蟬がひっきりなしに鳴いている。茂は、私塾の竹斎先生のもとで、勉強に励んでいた。京都の寺小屋は道眞公の御真影が掲げられている。まず、御真影に拝礼をして始められる。

「今日は、少し話をしよう。ここにいる者、自分の生年月日は知っとるか。まず茂から」

「天保六年二月四日です」

「天保は大飢饉で百姓一揆がたびたび起こったな。はい次。

全員、答えられたな。皆、父がいて母がいて生まれてきて、ここで学習できることを感謝するんだ。君たちは官人の子弟なのだから、いずれ後を継いでいくものと思う。これまで万葉集と古今和歌集を学習してきたが、明日からは漢文を教える。まず楽府(がふ)だ。紫式部が一条天皇の中宮彰子に密かに教えたのがこの楽府だ。漢文としては少々堅いが、君たち官人の子弟としては適していると思う。もう一人彰子の前に、一条天皇の中宮であった定子は、内大臣藤原道隆の娘だが、その母は高階貴子で当時としては珍しく女官人で、漢文を得意としていた。その母の影響で定子は漢文も理解しており、清少納言と対等に渡り合ったのだ。漢文は大切だ。しっかり学ぶんだぞ、好き嫌いはだめだぞ」

「はあい」

「お母さん、ただいま。何かお手伝いすることない」

「茂か、お母さんが縫った着物と、編み終わった翠簾(すいれん)を問屋に届けて来ておくれ」

「行ってきます」いつものことなので、すぐ帰って来た。

「竹斎先生が、明日から漢文を習うんだって言ってたよ」

「そうかい。しっかり勉強しなさい。お父さんの後を継ぐとしたら、公文書は漢文の素養がいるんだって言ってたからね。そういえば、新しい筆がいるとか言ってたので、買っておいたから、使いなさい」

「お父さんは、昨日も仕事で、家に帰って来なかったけど、お母さんがかわいそう。忙しいんだね」

「そうなの。このところ、夏越（なご）しの行事があったり、七月の夏祭りの準備とかがあちらこちらであって、忙しいのよ。お父さんは、治部少輔だから、治部大輔の命令で走り回っているのよ。ちょうど年格好が働き盛りだから。食事も取ったり取らなかったりみたいよ」

とお母さんと茂が話し合っていると、お父さんが帰って来た。

「八重子、布団を敷いてくれ。気分が悪い、熱もあるようだ」

「まあ、大変なこと、すぐ冷やさなくては、茂、盥（たらい）に水を汲んできて。具合が悪くてこところ何も食べられないんですって。茂、医者の弦齋先生を呼んできて」

茂が弦齋先生と一緒に帰って来た。水薬を飲ませると父義忠は寝入ったようだ。弦齋先生が申すには、お父さんは大変疲労しているということだった。しっかり休ませたほうがいいと言って帰って行った。

次の日も、父、義忠の状態はますます悪くなった。夏の暑さに負けたのか、水分不足だったのか、体を動かすことすら困難になった。

そんな状態が五日ほど続いた。八重子は、つきっきりで看病していた。

「今日は、何日だ、仕事がまだ残っている。茂を呼んどくれ」

茂はちょうど竹斎先生のところから、早引きして帰って来たところだった。

「茂、俺はどうなるんだか……おまえのおじいさんは菅原家から、おばあさんは藤原家から垣本家へ養子に入ったが子がなく、俺とお母さんは菅原家から養子に入って垣本家を継いだのだが、……お母さんを助けてな」

それだけ言うのもやっとだった。

弦齋先生が往診に来た。お母さんと茂を外に呼び出して切り出した。

「熱中病の疑いがある。まずいな。しっかり看病してな。わしもできる限り、薬など調合してくるから」

天保十四年七月十一日。垣本義忠四十二歳。帰らぬ人となってしまった。

「竹斎先生、おはようございます」

「茂か、まだみんな来ていないようだな。おまえは、読み書き算盤は優秀だ、だから新入の者には、わしの代わりに面倒を見てもらっている。そろそろ卒業して将来のことを考えないとな。義忠お父さんが亡くなって何年になる」

「今年五年祭になります」

「もうそんなになるか。茂、読み書き算盤がいかに優秀でも、米一粒もできん。魚一匹も取れん。家を建てるにしても屋根を作る者、土台を作る者、壁を塗る者など、別々に協力しなければならん。京都にいるだけでは、その協力関係がわからん。読み書き算盤も、ほとんど基本は外国から教えられたものだ。外国とも交流をしなかったら取り残されてしまう。もちろん外国の植民地になってはならんが。これからが本当の学習になるんだ、卒業というのは、始まりなんだ」

「ぼくもそう思います。これからのことを真剣に考えてみます。ご助言ありがとうございます」

「茂、お父さんの五年祭、天満宮にお願いして二人だけで営もうと思うの。どう」

「いいよ」

「茂の先のことを考えないといけないが、どうしても後ろ盾になる人が必要よ。垣本家の長男として恥ずかしくない仕事に就けてやりたいと思う。お母さんも頑張ってきたつもりだけれど、世間を見ると女ではどうしても弱いの。ちょっと黙っていたけれど、わたしに再婚の話があるの。そうすれば、おまえの面倒を見てもらえるかもしれない。茂はどう思う」

「ぼくのためにありがとう。でも、ぼくのためというよりお母さんが再婚したければ賛成するよ。ただ、お父さんとなる方が、ぼくのことをどう考えるだろうか。自分の子ではないし、ぼくもなじめるかなあ。ぼく、これからの人生について、考えもあるし、賛成してくれるだろうか。この間、竹斎先生のお話をお聞きし、これからは幅広く世間を見たり、多くの人と接し、違う意見を理解したり、いろんな仕事を経験して見聞を広めることが大切なことだと思っている。それには、諸国を回ってみることかな」

「しっかりしているといえば、聞こえはいいが、無鉄砲だよ」

「昔、天皇さんだって元服すればすぐ就いたし、ま、天皇にはならないが」

「また心配事ができてしまったよ、子供のことで心配が増えるのは、これも人生ってことだね」

四

それから一年ほどたった。茂は諸国を遊歴しようとの気持ちは変わらなかった。竹斎先生にも伝え、お母さんも承諾せざるを得なかった。これから準備に取りかからなくてはならない。馬もそのために買って、飼い慣らしている。

「茂、いつ出発するかわからないけど、必要な物を紙に書いといてね。用意するから。それと、予定地くらいはね。ほんとに心配だわ」

「ぼくもお母さんのこと心配だから、再婚の話、早く進めてほしい。それを見届けてから出発するから」

「通行手形だけれども、茂の正式名は、垣本茂菅原眞胤だから、その名で申請しとくよ」

「近江、美濃、飛騨、信濃と中山道を行って、江戸へ、帰りは東海道を通って、京都へ帰ろうと思ってる」

「着る物はわたしが縫っておくから、お父さんの使っていた、刀、陣笠、袴は持って行きなさい。服装はきちんとしてなさいよ。人は服装で判断されるものだから。二人で天満宮へ行って、無事を祈って、お守りをもらいましょう」

茂は、お母さんの相手の方とお会いした。どちらも少しぎこちなかったが、出発の日には見送りに来てくれることになった。日の向きはいつがいいかなと暦を見て、相談に乗ってくれた。


「行ってきます。一応、矢立、印籠、草鞋（わらじ）、足袋（たび）、着替えなど身の回りの物は馬に載せたから、心配しないで。防寒対策も立てたし。お母さんからもらったお金は無駄にしないからね」

「体に気をつけてね。途中で帰って来てもいいからね」

夏の終わり頃だった。鴨川に反射する朝日が眩しかった。茂は、この時、孤りで頑張ることを決意した。

五

その後、お寺や神社の屋根の下で雨、露を凌いだり、泊まったりした。寺の住職や神社の神主さんと親しくしていただいた。

農家では、田植えや稲刈りも経験させてもらった。この時、何日かは泊めていただいた。いろんな興味深い道具を見せてもらった。農民の工夫はすごいと思った。山の木を切る現場に参加したこともあった。ここでもさまざまな工夫をこらした道具に興味がもてた。どこでも共通することは、皆元気で逞しいということであった。親切で屈託がないということだった。しかし、一様に小さな声で密かに言うことは、年貢の問題だった。自然を相手にする仕事は、天候に影響される。収穫は年によって違う。でも、年貢は規定通り徴収される。

京都では、毎日、白いご飯が食べられた。田舎のある地方では、粟（あわ）、稗（ひえ）、黍（きび）、蕎麦（そば）、豆や芋類がほとんどで、白いご飯は御一日と御十五日、祭りの日にだけ食べているという農民もいた。その地方で採れた蕨、よもぎ、あかざ、いたどり、ふき、ふきのとう、胡桃、栗、山ぶどう、そしてきのこなど数え切れないが、季節ごとに違った料理法で食べている。醤油や味噌は自家製がほとんどであるので家ごとに味が違う。野菜や梅などの漬物、保存食の干し柿、干し芋、里芋の茎、切り干し大根なども同様に、その家その家で作り方は違うが、みな美味しい。地方ごとに気候が違うのと同じように保存法も違う。石臼はどこの家にもあった。豆からきな粉、麦から香せん、蕎麦はもちろん蕎麦粉を作る。川魚、蜂の子、蛇、赤蛙、蚕のさなぎ。そして、薬草だ。ドクダミ、ゲンノショウコ、センブリなど乾燥させて、煎じ薬として保存してある。もちろん、囲炉裏は重要だ。薪を燃やして暖房、料理、そして灯りだ。熾ごたつは暖かい。菜種油で行灯の灯りを点す。生活の知恵を学ばせてもらった。

　京都で、寺小屋と家とを通っていた時では考えられないような工夫、村民の協力が行われていたのである。

六

十曲峠に差し掛かった。曲がりながら登って行く石畳の道だ。馬の足が心配だ。馬から降りてゆっくり歩こう。この峠の途中に茶屋があった。少し休んでいこう。思えば、あっという間に、何年か過ぎたようだ。京都から出発した時には、こんなにゆっくりと旅をするつもりはなかったが、どこの方々も親切で、甘えてしまった。見る物、聞く物が珍しく長居してしまった。お母さんは、心配しているだろうな。

馬もよく働いてくれる。ゆっくり休ませてやろう。今晩は、どこに泊まろうか。茶屋のご主人に聞くと、少し行ったところに馬籠宿があるという。じゃあ、馬籠に泊まろう。

茶屋を出発した。石畳が終わったところに、一里塚の石碑があった。まだまだ登りが続く。少し下って、荒町というところに来た。村社諏訪神社と石柱がある。お参りをしていこう。隧道っぽい参道である。社に参拝した。舞台のような建物があり、行事に使うのであろう。こういう所で泊めてもらうこともできるが、今日は、馬籠宿だ。

「参拝してくれてありがとう」

と、声がした。神社のすぐ横に家があって、その方はこちらを見ている。

「参拝させていただきました。回廊のように竹林の中を通って、何か期待を感ずるような雰囲気の良い神社ですね」

「身なりからすると、旅の者のようだが、どこからおいでなすった。わしは、この神社の代々神主をしている宮口と申すが、休んで行かんかい」

「私は、京都から見聞の旅をしている、垣本茂と申す者でございます。今日は、馬籠に泊まる予定を立てたのでありますので、せっかくですが、先を急がせていただきます」

「そうか、馬籠宿はすぐそこに見える。その坂を登って行けばよい。機会があったらおいで」


たしかに、馬籠宿はすぐそこだった。こんな坂道の宿は、珍しい。

「お兄さん、旅の途中ですか。良かったら家にお泊まりになりませんか」

話を聞くと、主人は亡くなり、義父の方と宿屋を営んでいるとのこと。

「では、お世話になります」

「私は、かねと申します。宿帳に記入してください。

京都からですか。苗字、帯刀を許されているお方のようですが、何でまた、若いあなたが旅などしているのですか」

「見聞を広めるためです。経験を積んで、これからの人生に役立てたいのです」

「昔は、参勤交代でこの宿も賑わっていて、伊那の方からお手伝いをたのんだりしていたが、今は、役人の交代期に賑わうだけになった。それも、偉い方々は、本陣島崎家にお泊まりになり、私の所は、伊勢参り、善光寺参り、御岳詣の旅の方のお泊まりが多い。この頃特に、幕府も人の行き来は、制限している。時代の波を受ける商売なんです」と、かねは食事の準備をしながらしみじみと語るのだった。

「見聞の旅とのことだが、中山道は初めてかい、次の妻籠宿から福島宿へ行く途中何ヶ所かの宿があるが、見聞というといろんな宿を経験した方がいいのでは。中山道から外れるが、大平(おおだいら)宿、駒場(こまんば)宿も近い。木曽路は、すべて山の中だが、伊那路は、すべて谷の中で、結構広いですよ」

「初めて訪れる地方は、興味があります。気候や地形によって、生活に対して工夫や協力関係が違っています」

「ここは、神坂村ですが、山口、湯舟沢、田立、読書、野尻、もっと行くと大桑という所になる。明日から少し散策してみては。あなたのような志のある若い方は、今後、活躍してもらわなければならないのだから、食事代だけで良いから、泊まって、ここを起点になさい。

木曽五木は知っていますか。ネズコ、アスナロ、ヒノキ、サワラ、コウヤマキ。尾張藩によって、伐採が禁止されているんですよ。それを見たり。永昌寺の池は雨の時風情がある。その他の寺、神社もいくつかある。見る物はたくさんあるよ」

茂は、お言葉に甘えて、このあたりを見て回ることにした。ついでに、伊那の谷も見てみようと思った。大平宿から飯田へ、この道は大変だった。清内路峠から駒場宿へ、この道も大変だった。こちらもすべて山の中だった。茂は、中山道を北上する予定であったが、伊那の谷に興味を持った。今までの、経験してきた地域と何か違う。かねさんに、このことを話すと、自分の旅だから、いいようになさいと、認めてくれた。

伊那の谷を見ることにして、かねさんと別れた。

「これ持って行けや」とおむすびを三つ握ってくれた。

再び、清内路峠を越え、駒場宿に到着した。

この宿に泊まろうと、辺りを見回していると、声が聞こえる。

「見慣れないお方だね。若いのに刀を差して、陣笠持って、服装からするとこの田舎の者ではないね」

「はい、旅の者です。宿を取ろうと探しているところです」

「こちらへついておいで、馬も一緒に。

ここが、わしの屋敷だ」

「広いお屋敷ですね。庭も広くて、松の木が太いですね」

「母さん、旅をしている方をお連れしたよ」

「まあ、いらっしゃい。私はみゑです。どうぞゆっくりしていって」

「わしは、後藤元齋といってな、代々医者だ。後藤元齋という名を代々受け継いでおるのじゃ。長男は、医者にすべく、大阪へ行って、オランダ医学を学んでおる。弟たちは、もう養子に出してしまったので、今は、夫婦二人で暮らしておるのじゃ。寂しいもんだから、若い人と話をしたいと思っているのだ。どこから来たんじゃ」

「私は、垣本茂と申す者でございます。幼少の頃祖父、父を亡くしまして、諸国を巡歴しているのでございます」

「陣笠の家紋は、星梅鉢のようだが、これは北野八満宮のものであろう」

「はい、祖父から受け継いでいるものでございます」

「まあ、気兼ねなくゆっくり泊まっていけや」

「はい、お言葉に甘えさせていただきます」

茂は、元齋さんにこの土地の特徴を聞いて、興味を持つと、

「明日から少し案内するよ」と言っていただいた。

茂は、近くを案内していただき、風土の違いを体験するのであった。

七

「何日も、ご案内いただきありがとうございました。ご恩は一生忘れません」

「また、いつでも来ておくれ、達者でな」

茂は、こうして、旅を続けるのだった。山本村から、伊賀良、飯田へ。飯田は、先日大平峠から来て、すぐ引き返した所である。その時は、急いでいたが、緩やかな坂の町だが、結構広いなという印象を持った。

この場に立って見ると、南北に天龍川が走っている。東西は高い山が聳えている。西の山から流れる川がいくつもある。天龍川に向かって人家があり、田んぼや畑が見える。天龍川の東側は、川の近くから段丘になっていて、所々に集落が散在している。東側と西側では、土や石の質が違うんだなと思った。今まで見てきた、中山道とはかなり違う。ここから、天龍川を北上した集落はどうなっているんだろうと、興味が湧いてきた。

まず、天龍川へ行ってみようと思った。

年改まって、文久元年になった。ここは、信州飯田藩、堀親義様の領地である。飯田は、区画も整理されて美しい街だ。江戸町だの江戸浜町だのの地名がある。天龍川の見える所まで来ると、神社があった。飯田藩の庇護神社であり、島田八幡様と村人から言われ愛されていると聞いた。

立て看板を読むと、正式名称は、鳩ヶ嶺八幡宮ということだ。段丘を利用し東側を向いて威厳を持って建っている。神社はどこもそうだが、手水社や社務所は必ずある。段丘から流れる水は滝のようで、これだけの水量のあるのも珍しい。さっそく、馬にやると、おいしそうに飲んでいる。石階段は三段で、拝殿前の石段は特に急で、一気に登れないほどだ。拝殿の奥に本殿があり、お祀りに必要な、建物がいくつも建っている。歳旦祭の終わった後だから、松に紙垂（しで）が新しく飾られている。

神社の管理の方の許しを得て、ここの屋根下に泊まることにする。寒いのは承知で、いつも装備は用意している。

朝、太陽が神社を照らしている。気持ちがいい。末社を含めて、お参りし、本殿から降りてくると、拝殿の所でお参りしている女の人がいる。

二拝二拍手一拝。足袋を履いているだけだ。茂は疑問に思って声をかけた。

「足袋だけでは足が冷たくありませんか」

「冷たいけど」

「なぜ、足袋ですか」

「下駄の緒が抜けちゃったの」

「見てあげるよ」

石段の踊り場の所に下駄があった。

「ここの長い急な石段を登るのに下駄ではね。草履でないとね。どれどれ、漆塗り下駄のいい物だ。完全に抜けて切れている。緒はいつも持っているので、直してあげる。こうして、……。はい、直ったよ。少しきついかもしれないけれど、履いているうちに慣れるよ」

「助かったわ。お母さんにお礼を言ってもらうから、来て、すぐ近くよ。はい、馬を引いて、はい、こちら」

「お礼など言ってもらわなくていいよ」

「はい、ここよ、もう到着」

茂は強引に連れて行かれた。屋敷は立派で、庭には、松がきちんと刈り込みされている。別宅なのか、茶室なのか、三棟ほど建っている。

「お母さん、この方に下駄を直してもらったの、お礼を言って」

「まあまあ、わたくしはこの子の母親のトシと申します。うちの娘の下駄を直していただいて、ありがとうございました。まあ、この方、刀の柄に紋がある。どこのお方かしら、身なりも立派だし」

「たいしたことをしたのではありませんが、この方に付いて来てしまいました。申し訳ありません」

「主人は、今日、飯田藩、堀親義様の招集で会合に行っています。秋、孝明天皇の妹和宮様が下向の時、幕府の典礼を司る奏者番を堀様がやっており、警備をするために、今から体制を組まなければ間に合わないとかです。娘に、父の代わりに神社に参拝をするように命じて行ったのですが。この娘、下駄で行くもんだから。下駄なんて非常識だわ。お茶を差し上げますから、どうぞお上がりになって」

「正月だし、お餅をさしあげたら」

「そうだね、若江、手伝っておくれ。胡桃(くるみ)餅にしようか」

「どうぞ、この地方では、餅に胡桃をかけて食べます」

「まだ朝、何も食べていなくて、助かります。ここは、五平餅だけではないんですね、胡桃を使った料理が、多いのかな。おいしいですね」

「たくさん、召し上がって。きな粉もお持ちしますから」

「お待たせしました。あのう、あの娘が自分で言うのは恥ずかしいから、お母さん、言ってくれだって。あなたが、気にいったって」

「うっ」餅が喉に詰まりそうになった。

「自分は、女の人と今まで一度もお付き合いしたことはないんです」

「そうですか。結婚は、釣り合う家柄の家と、親が決めて、お嫁に行くことが多いのよ。お見合いだって、第一印象で決まるんだから。今、お見合いをしたんだよ、若江じゃいやなの」

「……良いです」と思わず答えてしまった。

「お父さんは塩澤朔右衛門といいます。父が帰って来たら、わたし若江から、このことを話します。お父さんの意見が何より大切なのよ。でも本人の気持ちの方が上かな」

このように、とんとん拍子に話が進んでしまったのだった。

第二章

一

「天龍の落ち葉流れてどこへ行く」

俳句などどうでも良い。取りあえず、東の、対岸へ行ってみよう。橋を渡りきった。ここは知久平村で、美濃、高須藩だ。少し行くと、道が分かれている。右手に行ってみよう。登り坂だ。こんな坂道にも人家が並んでいるんだ。今度も分かれ道だ。左へ行ってみよう。森がある。道は狭いが行ってみよう。神社だ。これはすごい。何という木だかわからないが。根がごつごつした瘤（こぶ）だ。歴史があるんだな。柱が庭に二本立っている。本殿、拝殿の後ろ側に回ると、ちょうど林の陰になっていて、人の目に付きにくい。今晩はここにお世話になろう。若江はどうなっただろう、頭の中はそのことだけだった。

朝、箒で庭を掃く音がする。表へ出て見ると、品の良さそうな男の人が仕事をしていた。

「おはようございます。昨夜、許しも得ないで神社の裏側で休ませていただきました。申し訳ございません」

「おはよう。何で、そんなところに居るのじゃ。一人か」

「訳あって、悩んでいたところ、ここに来てしまいました」

「若い者は、悩みがあるのは当然だ。このわしは、将来ある若者の悩みをあれこれ聞いて、ああしろこうしろと言うような愚かな者ではない。自分が悩んで結論を出すことで成長する。結論が良い時もあれば良くない時もある。それでいいのだ。掃除を手伝ってくれ」

「もちろんお手伝いさせてください」

一区切りついた時に、手水のある所に腰掛けて休んだ。お話を伺った。この方は、この神社の神官さんだった。

神官は神社をお守りする。お祀りの時は、各集落から選ばれた神社総代が掃除をしたり、お供え物をそろえ、献饌（けんせん）、撤饌（てっせん）を行う。榊や時には松なども用意する。しめ縄、紙垂（しで）、垂（た）れなども準備すると言われた。

「今度は、建物の中だ、時々空気を入れ換えんとな。雑巾がそこにあるから、台を拭いとくれ、細かい砂が舞って来てな、汚れるんじゃ」

「わかりました」

「終わりだ。うちへおいで。すぐそこだ」

一緒に、歩きながら話をした。

「わしは、坂井清司と申す。代々この、知久平諏訪神社の神主をしておる。鎌倉時代からとかいうが。諏訪大社から『下祝（しもぼうり）』という称号をいただき、家紋は諏訪大社と同じ『根あり梶』なんだ。七年に一度、御柱（おんばしら）をしておる」

道を下って行き、左に折れ、右側に家があった。直ぐ近くだった。

西を見ると、天龍川の対岸が開け、見下ろすと、点々と美しい集落が広がっている。駄科村、毛賀村だという。

「この間、母屋を改築してな。仮に住んでいた所があるから、とりあえず、そこへ荷物を降ろしなさい。馬も大変だな。草と水はそこの近くにあるから馬にやっとくれ」

玄関には「下祝（しもぼうり）」と書いた看板がある。門といい母屋といい改築したばかりで、格式高い佇まいで気後れがした。

「昼食の時間だ。この方をお連れした。少し早いが飯の用意をしてくれ。あなたは朝から何も食べていないだろう。まだ、名前を聞いていないな」

「私は、垣本茂と申します。京都から、向学心に燃えてやって来ましたが、訳あって悩みが……」

「もうよい。ここにいるのが長男の近（ちかし）。その隣がわしの家内」

「こんにちは、いらっしゃい。どうぞ、遠慮なく召し上がってください」

「君は何年生まれだ」

「天保六年です」

「そうか、そうするとこの近（ちかし）は、二歳兄貴になるな。仲良くな。親が言うのもおこがましいがいい子だから。遠慮しないでおかわりをしてくれ」

「もうじき、稲を刈らねばならない、そろそろさつまいもを掘る頃だ。その準備が大変なのだ。何かの縁だ。いっしょに百姓仕事を手伝ってくれんか。

十一月には新嘗祭があって、五穀の準備だ。粟（あわ）、稗（ひえ）、黍（きび）、麦、豆をお供えする。毎回米はお洗米としてお供えする。元旦歳には、鏡餅を用意するので、餅用の米が必要だ。神社は神社総代の方々と協力しなければ、お祀りができない。春は豊作を願い、秋には収穫に感謝する。これがお祀りだ」

「農業をするには、道具がいる。穀物を乾燥させる筵（むしろ）が必要なので冬、雪の降る季節に編む。米を入れる俵（たわら）もこの時用意する。縄も編むので、藁（わら）をきちんと保管しなければならない。藁はそのままでは編めないので、砧（きぬた）で叩いて柔らかくし、水で湿らせて使う。箕、鍬（くわ）、鎌、鉈（なた）なども冬手入れをする。

もう一つ重要な仕事は、秋の終わりには、山から薪を集めて来て貯蔵しておく。冬の料理、暖房、風呂などに必要だ。当然、炬燵（こたつ）に熾（おき）を入れなければならない。火を炊くのには、山から松葉を掻き集めてくる。

一年中仕事がある。休む暇などない。春になれば、じゃがいもの植え付けから始まって、稲の籾蒔（もみま）きになっていく。野菜の種まきだ。こんなことを体験してみないか」

「ありがとうございます。京都のお母さんのことも心配で、帰りたいのですが、今は物騒で、身の安全が心配なのです。通行手形は持って来たのですが、今、これが通用しないと思うのです」

「世が、このように不安定では、農民は安心して仕事ができないな。取りあえず明日は、近（ちかし）の作業服を着て、田んぼに行こう。田んぼの土手草を刈ってみよう。草を刈った後、草のいい匂いがするよ。手を切るなよ。もし切ったら、チドメグサを揉んで汁を傷に塗る。葉っぱで押さえる。その時は近（ちかし）に聞きな」

二

茂は、こんな平穏な日々を過ごすことができて、ありがたいと思った。初めて体験することが多く、教えられることが多かった。こんなに甘えていいのかなと思った。近隣の農民とも仲良くなって、気軽に挨拶ができるようになった。神社のお祀りには積極的にお手伝いするようになった。近さんが、間に入っていてくれたことが大きいと思った。

ある時、近兄貴がどこからか聞いてきたという。

元治元年十一月、水戸浪士が和田峠で諏訪高島藩、戸田松本藩を破り、中山道ではなく、伊那の街道を南下した。上穂、飯島、片桐と来たときに、座光寺村の国学平田門人北原稲雄、弟の今村豊三郎等が飯田藩に、このまま合戦になれば飯田の町は焼き尽くされてしまう、一般の町民も殺されてしまうと掛け合った。和田峠で勝利するような強力な軍団である。太刀打ちできるはずはない。

結果的には、水戸浪士と一戦も戦わないで、今宮、伊賀良と通過し、そして、駒場宿に宿泊となった。その後、清内路、馬籠、中津川と中山道を抜けて行った。

幕府は、十二月二十一日、講武所奉行であった堀親義を罷免、一万七千石から一万五千石へと処分を行った、とのことである。物騒な時代だ。恐ろしい時代だ。

　若江や壽〆のことは、一瞬たりとも忘れたことはないが、こんな難しい世だが、無事でいるだろうか。自分だけ平穏な生活をしているのではないか。今は、神仏に安全を祈るしかないなと思った。

三

　春、農作業の合間をぬって、兄貴、近と二人で山菜採りに山へ入った。蕨（わらび）、たらの芽、うど、ゼンマイ、山の蕗（ふき）などかなりの量が収穫できた。

　二人は、山に惹かれて少し深く入って来てしまったと思った。ここは、上村（かみむら）というところだ。人家があり、水などもらって休ませてもらおうと思った。

「こんにちは、水を飲ませてくれませんか」

「どなたですか。ああ、山菜採りかのう。よく採れたな。どちらから来たのじゃ」

「知久平村です。秋葉街道を通って来ました」

「一応隣村だが。山また山だから遠い感じがするな。そうだ、この間、知久平村の隣の島田村から赤ちゃん連れて、上村へお嫁に来た方がいるとか、こんな田舎だからすぐ噂になって。なんか、偉い人の娘さんだとかね」

それを聞いて、茂は、声を出すのがやっとだった。

「な、なんと。相手の方は何とおっしゃる」

「牧野為吉さんとか言ったかな。こちらも古い家柄だとか聞いたけど」

茂は、若江だなと直感した。まず、若江と壽〻は無事だったんだなと思った。なんとも、複雑な気分を味わった。山菜採りどころではない。気持ちの整理をしなければ。

「兄貴、直ぐ帰りましょう。山菜が新鮮なうちに奥さんに漬けてもらいましょう」

茂は、今後、会える機会があるかな、相手の方がいるのだから、そんなことは許されるのかな、と内心思うのであった。

四

茂は、夜、洋灯の光の中で、読書をしていた。気になっている、神道大成教である。平山省斎の教条に惹かれていた茂にとって、国学、平田派の書物は難解である。誰かに教えを請いたいと思っていた。

時代も進んでいるようで、尊皇攘夷派が勢いを増しているようだ。しかし、どちらかに傾くとは言えないのは、今までの利権を持っている幕府派も黙ってはいないからだ。世も、慶応となった頃、客観的に見て、傾いたかなと思う。国内情勢だけではなく、外国からの圧力が大きいことは見逃せない。国内では騒動が起きているようだ。今後、どうなるんだろうと茂は思った。何かが変わるのではないか。飯田藩主親義は、徳川慶喜の側近として、多忙な日を送っていた。

慶応三年。山吹村條山に珍しい神社ができると伝わってきた。三月二十四日遷宮式があるそうだ。慶応二年より参道、社地の整備が始まっていたが、ようやく社殿が完成間近とのことである。茂は興味がある。

発起人は、山吹村平田門片桐春一他、平田国学を学ぶ有志である。

荷田春満、賀茂真淵、本居宣長、平田篤胤の四大人より愛蔵品を揃え、社宝とするとのことである。当代の有名人の物を揃えるというからすごいことである。茂が興味を示すのは当然であった。

三月に入って、梅の咲く頃、茂は知久平を出発した。天龍川を越え、西山へ入るのは久し振りである。小高い林の中に、細い道ができていた。大工さん三、四人が内装の仕上げをしているところであった。そんなに大きな社ではないが、十人ほどが内部でお祀りができる大きさだ。

　ひとり建設の指導をしている者がいた。

「こんにちは、まもなく完成ですね」と茂が声をかけた。

「ありがとう、ようやくね。こんな所まで見に来てくれたあなたは平田門の方ですか」

「私は、平田門ではありませんが、興味がありまして拝見させていただこうと来ました」

「わしは、北原稲雄といって、平田門人です。発起人の代表の片桐春一さんが、お亡くなりになってしまって、何人もの門人が後を引き継いでお手伝いをしています。あと、内装を仕上げれば完成です」

「北原さんといえば、あの水戸浪士の件の方ですか。お名前はお聞きしています。

　私は、今、知久平村に居ますが、元は、京都五條出の、垣本茂と申すものでございます、母が編んだ物ですが、翠簾（すいれん）がありますので、よかったらそれを飾ってください、差し上げます」

「それはありがたい。より華やかになりそうだ。お礼は何にしよう」

「お礼などいりません」

「では、わしの書いた掛け軸があるので、それを差し上げましょう。軸は、普通象牙だが、これは鹿の角を加工した物だ。近日中に、この大工さんに預けておくのでな。取りにおいで」

「ありがたく、いただくことにします。ところで、神社の名称はなんというのですか」

「本学霊社という。平田篤胤先生の養嗣子、銕胤先生が付けてくださった」

「お邪魔をしてしまいまして、申し訳ありませんでした。どうぞ、お仕事を続けてください」

茂は、すぐに翠簾を届けた。遷宮式には、平田門ではないので参加しなかった。

あとで聞いたが、当日は、小野から中津川まで、百十八人が参加した。松尾多勢子は、わざわざ京都から参加。女性三名参加。馬籠の島崎正樹は参加予定だったが、急病のため不参加とのことだった。

それにしても、この時期に、伊那の谷に、国学平田系の神社ができたことは驚きのことであった。

五

明治元年となった。すべてが慌ただしい。

茂は、坂井近さんの弟として、坂井の姓を名乗ることとなった。近さん三十五歳、茂三十三歳。

若江と壽々は、牧野さんの所でどう暮らしているだろう。母、八重子は京都でどう暮らしているだろう。自分はこんなに平穏な暮らしでいいのだろうか。牧野さんに勇気を出して会ってみよう。

「近さん、少し暇をください。母と若江が気になるので」

茂は、まず京都の母に会いに行くことにした。

京都は、明治となって、戦乱を終えたように見えるが、まだ内情は厳しいようである。幕末に、勤王の志士達が、密会に利用したのが、木屋町である。旅籠や貸座敷が連なる繁華街となっていたからである。

それでも、茂の子供の頃と比べれば、町並みは随分変わってきていた。

「ただいま」

母、八重子は驚いた。

「ん、まあ茂。茂のことを心配していたんだよ」

母は、もう、六十一歳になるという。少し痩せたかなと思う。

「今まで、これこれで」話は尽きなかった。

「いい人に巡り会えたね。垣本家のことはいいから、これからは人の為に尽くしなさい」

「お母さん、居所を書いておくから。飛脚から郵便になるそうだから用事があったら連絡して」

「何より、体をだいじにね」

「お母さんの方こそ、体をだいじにして、また来るから」

慌ただしく京都の知人宅を回ってから、急いで知久平へ帰った。


上村(かみむら)の牧野さんを訪ねよう。

家の横に川が流れていた。少し広まって、前庭があり、横に大きな桑の木が立っている。養蚕をやっているのかなと、茂は思った。桑の木の前に墓があり、牧野さんと思われる方が草掻(か)きをしている。ちょうどそこへ、

「お茶ですよ」

とお盆に急須と茶碗を載せて来た。まさしく若江である。

「え、茂さん。何で」と、驚いた。

「どなたじゃ」

「前に話をした、壽〻の父です」

「私は、茂という者です。何しに来たかと怒られることを承知で来ました」

「わしは、牧野為吉。若江からおたくのことを聞いていましたよ。何か事情があったそうだねえ。よく来てくれましたよ。あなたに会いたいと思っていましたよ。

若江は、おたくがどこかへ行ってしまったとかで、直ぐわしのところへ嫁いでくれました。間もなくわしと若江とに子供が生まれて、［まさ］というんだがね。

若江は、昼夜休むことなく家事や、仕事をやってくれて感謝してるよ。わしには過ぎるよ、えへへ。まあ、お茶を飲んどくれ」

茂は、牧野為吉さんは何と柔和で穏やかで包容力のある人だと思った。

若江は、下を向いたままだった。しばらく沈黙が続いた。

「壽〻は六歳になったよ。まさと仲がいいよ。素直で明るく、お手伝いも良くするし、わしの口から言うのもおこがましいけど、その上美人だよ。会っていきな」

若江が呼ぶと、家の中から壽〻とまさが手をつないで出て来た。

「これが、壽〻のお父さん。急にどこかへ行ってしまった人よ」

「こんにちは」

「こんにちは」茂は、心の中で、大きくなったな、良かったなと思ったが、それ以上言葉が出なかった。

「茂さんとかいったな。この娘の将来のことは、この娘に決めさせたい。まだ六歳だから、これから勉強させて、判断が一人前にできるようになったら決めさせたい。いいかな。これからも時々会いにおいで」

「ありがとうございます。今日は安心して帰ります」

牧野さんの人柄に感謝して、知久平に帰った。若江、壽〻も健康そうだった。会えてよかった。

六

慶応四年九月八日、明治元年となった。

明治になって、複雑な行政が続くのは仕方がない。廃藩置県が明治四年七月十四日発せられ、筑摩県が十一月二十日施行された。当地方も、伊那県から筑摩県となっていく。

明治三年九月十九日、平民苗字許可令が出る。

四年、戸籍法が出て、氏と姓は廃止。苗字と名前に統一された。享和元年に苗字帯刀の禁令が出されていたのであるが。

明治四年七月、文部省が設置され、五年八月二日、学制を公布した。それまでの、学校を一旦廃止して「学制」に従った学校を設立せよというものである。国民子女は、必ず入学しなければならないというものであるが、授業料は、教育を受ける者が負担すべきとされた。

この時、大蔵省の予算付けのないまま、文部省は学制を公布したが、十一月になって、一人九厘を交付することになった。

全国の村々では、明治政府からの通達をしっかり事務処理しなければならない。村の地名、番地、境界、戸籍台帳、税の徴収、学校の設置等々大変な事務量である。読み書き算盤のできる者を総動員しなければならなかった。

暦が変わった。明治五年十二月二日、翌三日は新暦、明治六年一月一日となる。

新嘗祭が終わって、茂は疑問に思った。

「近兄（ちかし）さん、今度の歳旦祭はどうなるんですか。新嘗祭が終わったらすぐ歳旦祭をやるんですか。それとも歳旦祭は旧暦でやりますか」

「そこなんだが、国の制度に合わせてやるかどうか。神社総代の皆さんに集まっていただいて、日程を決めてもらおうか。総代の皆さんの準備の都合のこともあるからね」

結局、今年はすぐ新年という気分になれないので、旧暦のまま歳旦祭を行うことに決定した。

これからは新暦だ。三月になると、梅の花が咲き出した。ロウバイは先月に咲いた。福寿草が鮮やかな黄色い花を開いている。土手の北向きの斜面では、蕗(ふき)のとうが芽を出した。蕗のとうの天ぷら、味噌は最高だ。

梅の次は、桜だ。桜の開花は、三月の中下旬、天龍川の近くから咲き始め、山の方へ向かって、段々咲いていく。知久平から天龍川を見下ろすと、急に明るくなったようで、その見事さに、見入ってしまう。桜と同時に、レンギョウ、ミツバツツジ、サンシュユと華やかだ。

春のお彼岸が来た。昼夜が同時になって、太陽の光が暖かく感じる。

これから、農作業が忙しくなる。二度芋を植える時期だ。二度芋は一年に二度取れる。霜が降りるから心配だが、早く植えないといけない。

枯れ葉を集めて、温床にして、野菜の種を蒔き、促成栽培をする。昨年から準備をしてきた。これから、より忙しくなる。

農作業の準備をしている所へ、上新井村の村長さんと、事務員の方二名が訪ねて来た。

「こちらに、坂井茂さんは、おられるかな」

「私は、近ですが、茂は今、鍬(くわ)の楔(くさび)を直しているところで、そこにいますよ。おおい、上新井村の村長さんが来られたよ」

「茂と申します。何でしょうか」

「ちょっと、お願いがあって来ました」

「茂、こんな所ではいけないので、家に上がってもらいなさい」

「どうぞ、お茶でも飲みながら」

「実は、文部省より学制が制定され、今までのものは一旦廃止して、各村にもそれに沿った学校を作らなければならなくなったのですが、建物、予算、教員、事務員、それになんと言っても村民の理解をいただかなくてはなりません」

「それは大変なことですね」

「それに向かって、取り組んでいるところです。上新井村は、新々学校という校名で、当面、法連寺に開校しようということです。近隣では、竜西学校とか桑園学校とかで、開校しようと準備をしています。知久平村では、知明学校という名前で準備が整っているようですね。

ところが、新々学校の教員が決まっていません。なるべく、村内の方にお願いできればと、探したのですが手詰まりになってしまって、先日、筑摩県の県庁である松本へ行って来ました。

県庁に、北原稲雄さんという官吏の方がおられ、その方より知久平村に坂井茂という者がいると紹介されました。確か、京都の私塾で勉強して、優秀だから、下級生の面倒を見ていたとか聞いているので当たってみたらどうかということでした。そこで、こうしてお伺いしたのです。四月開校のため日がありません。助けていただけないでしょうか」

「急ですね。学校勤めということになると、お世話になっている、近さんのお手伝いができなくなりそうです。それは困りますね」

「茂、そんな心配はいらないから、お受けしなさい。茂は、読み書きが堪能で、適任だと思うよ」

「堪能は、近さんの方だと思うよ」

「いや、いやそんなことはない」

「……そうですか。……そうですか。近さんにご迷惑をおかけするかと思いますが。村長さんお受けいたします」

「ありがとうございます。近日中に、打ち合わせにお伺いしますのでよろしくお願いします」

こうして、上新井村の新々学校の教員となった。校舎は建設予定であり、まず、法連寺内で開校した。学制の公布を受け、全国的に明治六年四月の開校が多い。お寺や神社の建物を借りてである。急なため、住職、神官、旧藩士の教員が多くみられた。開校はしたものの、就学年齢に達した者が、必ず就学したわけではない。地域によって差がみられる。「女や百姓に学問なぞいらない」という古い風潮がまだあったのであろうか。新々学校は、男六十名、女五十五名の就学であった。

茂は、試行錯誤しながら始めようと思ったが、個人ではどうにもならない。まず教員自身が学ばなくてはならない。教育課程、教育内容、教材、授業技術、児童心理等々だ。法連寺の住職にお手伝いをお願いし、茂は松本までたびたび講習会に通った。近隣の村の教員同士も情報を交換し合った。

筑摩県では、明治六年五月に、筑摩県師範講習所を、松本開智学校内に開設した。度々、官制教員研修会、授業研究会を催し、教員の質向上に努めた。また、教員団体による自主研修会、授業研究会も同時に開かれた。茂はどちらにも積極的に参加していた。茂だけではない。教員になった者、皆、新しい教育を求めて参加したのである。

学校の制度や教育内容だけではなく、児童の生活指導、いわゆる手足の洗い方、うがいの仕方、男女の席の並び、挨拶、返事、時には「誰と誰が仲いいよ」などの指導も必要になってくる。

また、学校は、教員だけで成り立つわけではない。事務系の職員の研修も必要である。予算、教員の俸給、児童の親からの授業料の徴収、教材の購入、学習内容に合わせた施設の整備、屋内外運動場、便所、足洗い場等教員との連携が必要となる。

寺や神社では狭いし、来年以降新しく児童も入学してくる。その対応もある。

筑摩県では、教員と同時に学校事務職員に対しても学制の趣旨を徹底させる必要があり同時に研修会をおこなった。

七

茂は、母八重子の死亡の報を受け取った。

明治六年五月二十四日、六十六歳歿。教員になって、この慌ただしい時である。

この、一ヶ月前頃、茂に縁談の話も来ていた。お見合いの日の返事をしなければならないことになっていた。

茂は悩んだ。親の死となれば、忌引きは権利として取れる。しかし、京都まで往復だけで何日かかるかわからない。あれだけ苦労をかけた母、心配をかけた母、また義理を欠くのか……。

公務を優先しよう。学校が始まって、直ぐ、何日も休むわけにはいかない。児童が夏休みになったら、まず京都へとんで行こう。自分は、人の為ではなく自分の為に生きてきたような人間だった。今回も許してもらおう。霊前で詫びよう。茂は、誰にも相談しなかった。その晩、一睡もできなかった。


七月上旬の日曜日。今まで、結婚の話を進めていただいていた、福澤崎右衛門さんの父、福澤平右衛門さんという方の計らいで、お見合いをすることになった。上新井の、大洲七椙(おおしまなな すぎ)神社の境内で落ち合った。この神社は、茂の務めている学校の近くである。この神社も、段丘を利用した石階段が多いが、何本もの太い杉の木が魅力だ。だから、七椙神社と言うんだろう。

近くの小料理屋に入った。茂は本人のみであったが相手の方は、本人の父母と一緒だった。

双方とも、会う前に福澤さんの方から、経歴や性格、家柄など詳しいことは知らされていた。会うまでは双方、不安で緊張していたが、会ってみると和やかで、ざっくばらんに話し合いができた。

相手の方は、片桐村七久保の紫芝慶さんである。父儀八、母やゑの二女である。会ってみると、慶さんは、明るく、話も自分の方からどんどんするような気さくな方だった。健康そうな美しい方だった。

福澤平右衛門さんも相当、乗り気になって、

「もう、日取りも決めましょう。いつにしましょうか。もう、すぐにでもいいですよ」

茂は、母のこともあり、心の中で、迷っていた。相手の父母も相当乗り気になってきて、

「そうですねえ、そうですねえ」

と二人は肯定した。茂は、

「慶さんさえよろしければ、私と結婚してください。ただ、勤務の関係で、学校の休み中だとありがたいのですが、慶さんはどうですか」

「不束者ですが、よろしくお願いします。茂さんの力になれるよう頑張ります。私は茂さんの都合の良い時でよろしいです」

「私は、学校の夏休みですが、入って直ぐに予定があります。八月になってからも、二つ

の教員研修会があります。お盆は教員講習会はありませんが、お盆に結婚なんて聞いたことないですね」

暦を見ながら、福澤さんが、まとめた。

「まあ、八月十三日の大安吉日としましょう。今年は新暦になったばかりだ。旧暦と思えばよい。まだ、いろいろ行事は旧暦でやることが多い。この結婚式は、ここに出席している者でやりましょう。式は、神前で、知久平諏訪神社の坂井近さんに祝詞をあげていただきましょう」

全員、賛成ということになった。

茂は、大至急、新居を探さなければと思った。

学校が夏休みに入った。茂は、まず、京都へと急いだ。

母の霊前で、しばらく頭を下げていた。

自分の人生を、幼児期からずっと辿った。自分は三十八歳になる。

いかにわがままであり、他人の温情に頼って生きてきたか。母が言っていた言葉、「これからは人のために生きなさい」にはあまりにも遠い。

幕末から明治にかけて混迷し変革が多い時代であった。国民誰もが、先がわからず、不安、不安定であったが、この運命を賢明に生きてきたのだ。運命とは、何だろう。時代か、門地か、姓か、性か、家か、財か、地か、学問か……、宗教か？

　これに答えるには、児童を教育し、次世代の若者に、答えを出してもらわなくてはならない。時代の行く先が、その答えだと信ずる。教員として生きよう。

　仏教の各派も、神道の各派も人間の本質を追究してきた。外国の宗教もおそらく同じ思いで、人間の幸福を求めてきたのだろう。狭い、日本の中にいては、これから人間とは何なのかという問いに答えることはできない。諸外国の文化を学び、交流する中から、知恵も生まれてこよう。

　自分が教えるのではなく、児童に教えてもらおう。長老に教えてもらおう。動物や植物に教えてもらおう。素直になろう、謙虚になろう。智慧（ちえ）をもらおう。

　でも、茂は、母の霊前で思った。母が一番の教師だったと。

　茂は、縁者の方々に挨拶を済ませ、仁和寺、北野八幡宮にお参りして帰ることにした。ところで、慶さんに何を贈ろうか。教員になったばかりで、お金はあまりないが、精一杯の物を贈ろう。以前、京都には、小物・工芸品を扱っている店があったが、今でもあるだろうか。京都の町は、明治になって、ますます変わっているように思う。人の服装も言葉も、町並みも。変わらないのは、春夏秋冬、忘れないで咲く木々の花、鴨川の流れ、そして高瀬川の流れ。

五歳頃だったかな。お父さんとお母さんと一緒に、鴨川の五條橋か松原橋を渡って、清水寺へ行った時に、新しく羽織の紐を買ってもらったことがあった。多分、松原橋を渡ったような気がする。真っ直ぐ行くと清水寺だったから。お父さんがその時、松原橋は元々五條松原橋といって弁慶の橋だ、五條橋が新しくできた時に五條がとれて松原橋というようになったとか言ってたな。清水寺方面へ行ってみるか。と、茂は慶さんのことを考えながら松原橋を渡って、小物屋を探した。少し登り坂になっている途中に、まだ、その店があった。

「おこしやす、何かお探しですか」と、若い女の店番の声がした。

「嫁さんに、何か贈ろうと思うのですが、何がいいだろう」

「まあまあ、いいことをなさるね。妬(や)けるね。これなんかどうです」

「これは、鼈甲(べっこう)の髪挿しではないですか。高級品ではないですか」

「あなたのような立派な人が贈る物としては、お似合いな物ですよ、相手の方は喜びますよ」

「では、私にとってはちょっと高価で身分不相応ですが。大小二つください」

「おおきに、おおきに」

茂は、良い贈り物が買えたと、満足であった、が、ちょっと無理したかなと内心思った。

明治六年八月十三日、坂井茂三十八歳、紫芝慶（ししばよし）二十五歳結婚。

知久平諏訪神社をお借りし、神式で結婚式を行った。茂と嫁父母、福澤平右衛門さんの小さな結婚式だった。新婦の髪に挿した髪挿しの黄色い色が映え、華やかで、場が明るくなったような気がした。慶さんは一段と美しくなった。茂は、慶さんに迷惑をかけないようにと、誓いを述べたのだった。

茂は、心の中で、八月十三日は壽ゞの誕生日だなと思い出した。

坂井さんの別棟にいつまでも甘えるわけにもいかない。七月より、上新井の学校近くに住宅を探していた。幸い、学校の近くに見つかったが、改修が必要だった。坂井さんの許しを得て、それまで別棟を使わせていただくことになった。

明治七年二月、筑摩県師範講習所稽古所（分教場）が飯田に設置された。茂はその時都合がつかなくて、五月に行われた、松本宮村町瑞松寺での師範講習所に参加した。ここで、馬籠の敬義学校で教員をしていた、島崎正樹さんと出会った。島崎さんは永昌寺での寺子屋の続きで、教員をしていたが、やめてこれから東京へ行くところだという。二人は、話が合って、私的な話題にまで及びお互いに悩み事が多いね、ということだった。

是非、敬義学校へ来てもらえないか、来てもらえば安心して東京に行けると島崎さんは語った。敬義学校は、普請中で、近く完成とのことだった。しかし、茂は、「新々学校の教員になったばかりで、今すぐというわけにはいきません。教員は今、一人ですから、代わりの者が見つからないと行けないのです。ただ、木曽の地は、泊まってみてわかったのですが、人間が親切で温厚で、村の人たちが協力し合うところが好きなので、ぜひ勤務したいです」と答えた。

この件があり、代わりの教員を探していたが、すぐには見つからなかった。

もちろん新々学校での生活は好きだった。児童は素直で、元気であり、自分を頼って、先生、先生と懐いてくれる。親も協力してくれる。知久平と上新井は、五里あり少し遠いが、苦にならなかった。慶は気を使って、協力してくれる。充実した暮らしに感謝した。

知久平、坂井家の農業は、あまりお手伝いできなくなって、気になっていた。それでも六月三十日の夏越(なご)しの大祓は協力できたが、これが最後かなと思った。

改修中の上新井の家屋が間もなく完成した。夏休みになり、少しずつ、家財道具を運び込んだ。

これまで、大変お世話になった、坂井さんにどんな言葉を使っても、言い切れないと思う。最初に、清司さんに出会わなかったら、どうなっていたんだろう。藩に捕まって殺されてしまったかもしれない。若江も壽ゞも……。

塩澤朔右衛門さんとトシさんは今どうしているだろう。明治になって、藩がなくなって、どのように暮らしているのだろうか。今後、お会いすることがあるだろうか。伝聞によると、以前飯田藩主だった堀親義氏は、慶応三年三月七日、養子親広に家督を譲って、鳩ヶ嶺八幡宮の近くに住んでおられるとのことだ。

今の自分に充実した暮らしなどと、言ったら天罰が当たる。坂井さんなくして、今はないのだから。

上新井へ移る朝、慶と二人で、丁寧に挨拶をした。坂井清司さん夫妻、近さん夫妻に、見送っていただいた。お互い涙が止まらなかった。

「これだけお世話になって、何とお礼の言葉を言ったらいいんでしょうか。ありがとうございました。別れは辛いですが、近くだからまた、お会いできます。体に注意してください。恩は忘れません」と、別れた。

十一月、正式に坂井茂の戸籍を作った。上新井村甲六百五十一番地。

第三章

一

新々学校の校舎が出来上がった。

この校舎の近くで、慶と生活ができるようになった。

学校の近くになったので、何かあった時、すぐ駆けつけられる。

授業が終わって少し時間が取れる時、校舎の手入れ、庭木の刈り込み、落ち葉の掃除をする。校舎内で履く、児童の藁草履（わらぞうり）の修理をする。登下校に履く下駄の緒を直す。教員は、授業だけやっていればいいというものではない。時には、親や村人の相談相手にもなる。村の行事には招待状が来るので参加する。

日曜日には、校庭で石蹴りやかくれんぼ、鬼ごっこなど、遊びに来る児童もある。たまには、児童の相手をして、だるまさんがころんだなどもする。おそくならないうちに、家に帰れよ、と追い返したりもする。そんな時の夕日がきれいだ。

村では、学校に対して期待が大きかった。［世話人］と称する者十六人が、交替で弁当用の湯沸かし、薪積み、掃除など行ってくれた。学校は、村の人々、親の協力があって成り立つんだと、つくづく感じるのだった。

新年から、助教という方々が来ていただけるようである。協力していこうと思うのであった。

二

政府は、明治八年二月十三日、苗字必称義務令を公布した。四年に、戸籍法が施行されたが、まだ完全ではないということである。

明治八年七月二十九日、近隣合併で上村は遠山村となった。

茂は壽〻のことが気になっていた。

「慶、結婚前に、福澤平右衛門さんを通じて、わしには、壽〻という子がいることを話しておいたが、知っているかい」

「当然知っているよ。今その方々は、どうなっているの。私は、力になるよ」

「遠山村にいて、牧野さんという家庭で、かわいがっていただいているんだ。壽ゞは、今年、八月で十四歳になるんだ。訪ねて行きたいんだが」

「行きなさい。あなたの子は、私の子なんだから、気にすることはないわ」

「ありがとう、近いうちに、行ってくるよ」

牧野家の横の上村川は気持ちよく流れている。両側の森林は夏の日差しを遮って、気分が爽やかだ。庭で為吉、若江が、薪を割っていた。壽ゞ、まさが割った薪を運んで片付けている。

「牧野さん、こんにちは、精が出ますね」

「ああ、茂さんだ。若江、お茶の用意をして。外の方が気持ちいいだろう」

「まあ、よく。暑いときに熱いお茶だけど。茂さん、まあよく来てくれて」

「こんにちは、きゅうりの味噌漬けだけど、どうぞ」と壽ゞが皿を運んで来た。

壽ゞは、背が伸び、声も大人っぽくなっていた。茂は、こんなにきれいになったんだと思った。

「わしは、結婚してね。今年、上新井村から里見村に改称されたが、そこに住んでいるんだよ」

「おめでとう。若江もお祝いするよ」

木の丸太に腰を掛けた。牧野さんがさっそく言い出した。

「壽ゞはもうじき十四歳になるんだからと。三人で相談をしたんだが、壽ゞは、茂さんの戸籍に入れてもらおうと決めました。そうしてもらえないでしょうか」

「まず、壽ゞの気持ちを入れてやりたいし、為吉さんは壽ゞの気持ちでいいと言うし、そうしたら、壽ゞは茂お父さんを希望したのよ」

「私、ずっと迷っていた。為吉お父さんは、ほんとのお父さんです。茂お父さんもほんとのお父さんです。為吉お父さんは、ずっとずっとお父さんです。ここで、私が決めなかったら、茂お父さんはいなくなってしまいます」

「わかりました。……。名前はどうしますか」

「モトを希望します。理由は聞かないで」

「そこまで考えたの、じゃあ。そうしましょう。手続きを取りましょう。そうか、もう十四歳になるんだね。八年に、文部省から、小學学齢を満六歳から十四歳までとの布達があったんだが、その十四歳か。また、制度が変わると思う。上村学校から説明があると思うよ。しっかり勉強してな」

若江が話し始めた。

「この子はね。上村学校へ入学して、ずっと優秀でね。特に文学が得意でね。担任の教員も文学好きで、その影響かしら。源氏物語を読んでいるのよ」

「すごいな、わしは竹斎先生から、光源氏が須磨へ流されたという、最初の部分しか教えられなかったのに」

「私も、すべて読んだのではなく。光源氏が亡くなった辺りまでしか読んでないの。浮舟のところはこれから読むの。私は、光源氏の正妻、紫の上が好き。自分の子供がなくて、光源氏の子、明石の姫君を養育して、つらい思いを何度もして、出家したくても、させてもらえなくて、でも、懸命に生きた紫の上」

「この子は、こんな話をするのよ、茂さん聞いてやって、為吉さんも、お手上げなの」

「好きな勉強に打ち込んでね。里見村の家にいつでも来てよ。慶も歓迎すると言っていたし」

茂は、慶にこの内容を話すのだった。さっそく、役場に戸籍の届けをした。

坂井モト。茂長女。文久二年八月十三日生まれ。

三

明治八年一月二十三日、近隣の合併で、上新井村は里見村となっていた。

明治八年十二月。筑摩県より、「校名は村名、あるいは地区名にすること」という通達が出された。これにより、筑摩県内のすべての学校名は、直ちに変更された。

新々学校は、新井学校と改称された。


明治九年六月、筑摩県師範学校訓導卒業生名簿に、坂井茂の名が記載された。慶は喜んで、今日は一盃やりましょうということになった。

「今日、実家の兄伊平から、キュウリ、なすが取れ出したとの連絡があり、ついでに、醬油と味噌をもらってきたよ。キュウリは刻んで鰹節と醬油をかけるよ。味噌を付けて食べるのもうまいね。なすはてんぷらにするよ。明日の朝、味噌汁になすを入れるよ。キュウリは塩漬けにしておくよ。どう」

「そうかい、うれしいね。野菜は取れ出しがうまいからね。今度行った時に、カボチャをもらえるかな」

慶は料理を運んできて乾杯した。そして言った。

「あなたと結婚して三年になるね。優しくしてもらってありがとう。ただ、子供が授からないわね。坂井家の跡取りのことがあるし、わたしの弟の八十吉を養子にしたらどうかしら。弟ではいけないかしら。この間、実家に行ったとき、そんな話をしたら、弟は、養子を希望すると言っていたけど。いままで悩んで話さなかったけど」

「わしは、まだ考えたことはなかったけど。坂井家の跡取りのことを慶がいろいろ考えてくれたことはうれしいね。八十吉君を養子にね。でも、これから、子供が生まれるかもしれないんだよ」

「生まれたら、その時考えるわ。いろいろ方法は考えられるでしょう」

「じゃあ、八十吉君としっかり相談しよう」

相談の結果、慶の提案通りになって、養子として八月から、里見村の坂井家に来てもらうことになった。役場への手続きは十一月二十九日入籍となった。

茂四十一歳、慶二十八歳、八十吉十八歳。

明治九年八月二十一日、筑摩県は長野県となった。

役場の書類作成は、大変な事務量だったが、学校の書類も同じだった。これからは、長野県と表記しなければならない。長野県の通達に忠実でなければならい。いくつもの変更がなされていく。茂は、読み書きは達者だったが、分量には閉口した。名前が変わるだけではなく、諸制度が一斉に変更されるのだ。

四

明治九年度が終わりに近づき、三月になった。新井学校は来年度、教員は、助教含め四名ほど、応募があったようである。

茂は、退職しようと思い始めた。島崎正樹さんから要請のあった、敬義学校が神坂学校と改称されていた。神坂学校は、教員二名であり、来年度の教員の陣容はもう決まっているはずである。しかし、新井学校にいては、神坂学校に空きができた時、直ぐ移れるわけではない。一旦、退職して、待つしかないと思った。

やめる決心をした。二月に申し込んであった、四月十日の師範支校（飯田）の試験があったけれども、四月八日付で欠席届を出した。

御届

里見村　新井學校　教員　坂井茂

……出校致スベク御達シ有之候問得共……

御届奉申上候以上　明治十年四月八日

筑摩師範支校　御中

矢沢常三郎さんである。

新しい教員に引き継ぎをして、退職した。退職願は、四月、日付なしで出した。後任は

「迷いたくない」

御願書

里見村新井學校教員坂井茂

私儀　明治六年四月ヨリ右校ニ在勤……多病ニ付今般後教員之儀者……

矢沢常三郎ヲ以テ従事為致就而ハ私退校仕度此段書面ヲ以テ奉上候以上

明治十年四月

長野縣權令猶崎寛直殿

今年の校庭の桜は咲き始めていた。校庭の真ん中を歩いた。誰もいなかった。

「風吹いてどこで留まる庭桜」

か……。

五

茂は、三月下旬には、慶と八十吉に退職をしたいと漏らしていた。木曽の神坂学校のこと、島崎さんのこと、大成教のこと。当然、反対されるであろうと思っていた。それまで、俸給はなくなる、先が見えない。急である。

「慶、八十吉、自分の思いで決めてしまって、申し訳ない。木曽へ行って、様子を伺ってくる。自分自身、安直だと思うよ」

「いいよ、いいよ。私は、あなたと一生共にするつもりで、一緒になったんだから。今まで幸せ過ぎたよ」

「慶、優しいね。八十吉、わしも、教員に復帰するまで、伊平兄貴のところで、働くよ。もうじき、田植えで大変だからね。田圃をサツマで起こし、馬で「ふませ」をしなければ田植えができないからね。重労働だよね。前の知久平でもやっていたから、大丈夫」

四月下旬になった。

「では、馬籠へ行ってきます」

例によって、清内路峠を越えて、まず、かねさんの所へ寄った。

「かねさん、こんにちは。お元気でしたか」

「あら……。垣本茂さんだったね。あなたこそ元気だったの」

「今は、坂井茂になってね。里見村に住んでいるよ」

「養子に入って、坂井になったの？」

「違う。垣本から、坂井になって、坂井家を作って、慶(よし)という人と結婚したんだ」

「ややこしいね。でも、おめでとう」

「ところで、義父の方はどうしてる」

「それが昨年亡くなって、私一人で住んでるの」

「それは、それはご愁傷様です」

「お茶を入れるから、どうぞ、家へ上がって」

「じつは、島崎正樹さんという方を訪ねて来たんです」

「島崎さんは馬籠本陣の、旦那様よ。私は、話ができないくらい偉いお方よ。奥様のぬいさんは、冗談を言ったりして親しく話し掛けてくれるけど」

「島崎様とお会いできるかなあ」

「田舎では、うわさはすぐ広がるけど、不正確なことが多いけどね。正樹旦那様は、長女園子さんのことで悩んでおられてね。その後、東京へ行って、教部省だか内務省に勤めていたけど、十年の二月、今年ね、やめて、飛騨の水無(みなし)神社の神主になっていると聞いているけど……」

「では、今、いないんだ、お会いできないんだ」

「奥様にお聞きしますか」

「いや、いいんだ。本人でないとわからないことなので。二、三日ご厄介になってもいいですか。神坂村役場や学校、諏訪神社などへ回ってみたいのでね」

「村社諏訪神社は、宮口守雄さんといってね、それは、それは良い方よ。有名よ。どうぞ、ゆっくりしていって」

茂は、荒町の村社諏訪神社を訪ねてみた。ちょうど、五穀豊穣を願うお祀りの準備をしているところであった。

「私は、何年か前、京都から来たときにお会いした、垣本茂です。今、坂井茂となっておりますが。相変わらずお元気そうですね」

「ああ、あの時の、はっきり覚えているよ。馬籠に泊まるとか言っていたが。もう、何年にもなるねえ」

「私は、あれから上新井村で教員などしていたんですが、最近やめまして。島崎正樹様から、神坂学校に来てほしいと要請されたのですが、機会がなかったのです」

「そうですか。山口村も明治六年に明義学校になって、民家を借りていたのですが、狭いということで、八年の新年度より、この諏訪神社芝居座で授業をしましてね。途中、筑摩県からの通達で山口学校と改称されました。その時、私も教員として少しお手伝いをしましたが、新しい校舎が出来て、そちらに移転した時に、私は教員をやめました。県名も筑摩県から長野県になったりね」

「私は、神道大成教に興味を持っているのですが、宮口さんはどうですか」

「興味があるね。まだ仲間は少ないけどね。木曽に来られたら一緒にやりませんか。ところで、島崎旦那様のことですが、私と親しいんですよ。水無神社を二、三年でやめて帰るかもしれないな。ほんとのことはわからないけど。神坂学校のことも心がけておくよ。ぜひ、あなたに来てほしいね」

茂は、里見村の家に帰った。

「ただいま、慶、八十吉、迷惑かけるね。同じ長野県でも、神坂村は遠いね。幾山越えだものね。疲れたからちょっと休ませて」

その後、茂は慶、八十吉と共に伊平家の田植えを手伝った。伊平の奥さん志うさんも、儀八さんも元気で働いている。

田植えが終わって一段落した七月、新井学校へ退職に当たって、御礼の気持ちを表さなくてはいけんな。学校へ届けよう。目録を書いた。

酬　答

記

一、學校之右記　北原稲雄書写　鹿軸　一幅

一、濁酒　一樽

右、拙方、四年四ヶ月以上淺學ヲ咎メズ在校職有ヲ辱フス……

寸志ヲ以テ……笑納アラバ幸甚。

明治十年七月　坂井茂　印

新井學校執事　御中

北原稲雄さんの掛け軸は、本学霊社の建設中にいただいたものである。

学校へ飾ってほしいと思った。

六

モトも、里見村の家に来てほしいな。一年前に一度来ているけれど。あそこからだと、山谷を越えて大変だからな。夏なら気候はいいし。八月で十六歳になるな。と茂は思った。

便りを出してみるか。片桐郵便局は、すでに七年一月十五日に開局しているから、そこから出してみよう。郵便は慣れないので、聞かないとわからないから。

郵便は切手という物を貼って出せばいいんだ。書状は市外、二匁まで二銭か。黄色っぽい色の二銭切手はこれか。便利になったものだ。

「郵便局員さん。では、お願いします。今日出せばいつ着きますか」

「宛先はどこだね」

「遠山村の上村ですが」

「そこなら、上村郵便局が七年一月二十四日に開局して営業しているから、よほどのことがない限り、二日ほどで届くでしょう。今は、遠山ノ内上村郵便局といっているんだがね」

それから、何日かしてモトが訪ねて来た。若江と一緒だった。

「お父さん、こんにちは」

「おう、二人で。一年経つと、モトは一段と背が伸びたね。慶、八十吉、遠山から来てくれたよ。まず、冷たい水を」

慶と八十吉は水瓶に桶(おけ)で水を汲んでいるところだった。水汲みは重労働である。汗を拭き拭き、二人は、

「いらっしゃい。一年ぶりだね。何日かゆっくりしていってね。狭いけど、寝る所くらいはあるから。夏は閉めきらなくて良いから、夜は涼しいくらいだから」

夕食は、若江、モトも一緒に手伝った。慶が言った。

「蕎麦粉と小麦粉を石臼で挽(ひ)いておいたよ。も一つ、大豆も挽いておいたから、きな粉も作った。今晩は蕎麦とうどんだよ。野菜の天ぷらが合うよ。蕎麦は蕎麦掻(そばが)きもいいもんだ。蕎麦掻きは砂糖醤油、きな粉を付けてもうまい。と、思うけど、口に合うかな」

茂、慶、八十吉、若江、モト和気藹々である。

「明日は、粟(あわ)と稗(ひえ)。それの粉で作ったお焼き。稗は独特の味だけど、小豆(あずき)を包むか載せる

かするとうまい。おっと、食べ物の話ばかりになってしまったね」

「モトの好きなものばかり。ありがとう。私は食べる物の話は好きだけど」

「慶の実家は、米は割り当ての分、地主に納めている。天候によって収穫が違うので、五穀豊穣を願って、七窪神社で春のお祀りをしているんだがね。この地元でも、神社がいくつか有るが、皆、同じお祀りをするんだが。

食べ物があって、家族平安であれば、多くは望まないと、慶はいつも言っているんだよ」

五人は、皆、うなずく。

「明日、若江とモトはどこか行きたいところはあるかな。案内するが」

と、茂が言うとモトが答えた。

「私は、特別な所でなくていいの。この地にずっと暮らしてきたおばあさんが日向ぼっこをしていたり、孫の手を引いたりしているところ。おじさんが、荷車をゆっくり曳いている姿、そんな風景というかな、風土というかな、そんな普通の生活を見たいから、この家の周辺を散歩したいのよ」

「モトは、いつも言うことが一味違うな」

夕食を済ませて、ランプの下で横になった。

「モトは学校はもう行っていないと思うけど、どうしてる」茂が聞いた。

若江が心配そうに答えた。

「役場と郵便局に当たってみたけど、今は、募集がないんだって」

「これからは製糸産業が伸びるとか。農家は養蚕が盛んになるような気がするな。段々、物事が変わっていくからね。その時、その時に応じて対応が迫られる世の中になるだろうな。この頃は変化が早いから、対応にも大変だ」

「もう、寝ようか」


次の日、八十吉がモトと若江を連れて、家の周辺を案内した。

清少納言の好きな白黒の毛色の猫が二匹走り回っている。いろんな蝉が、合唱を奏でている。青い空と入道雲と山の緑と地面の白とが目に入る。田圃の土手には、オキナグサ、スイコンボ、イタドリ、ヨモギ、アズキッパ、ツリガネニンジンなどがある。暑い日中に、麦藁帽子をかぶって田の草取りをしている人が、何人も目に付く。家の軒先に、菖蒲が飾ったきりでまだ片付けてない家もある。通りがかりの人が「こんにちは」と気軽に声を掛けてくれる。

家の庭には、筵に小豆が干してある。

「筵を敷いて穀物を干すとき、下に藁を敷くと直接地面からの湿気を防げるんだよ。秋になると穀物を干す作業が多くなるね。夕立に注意しないと、大変なことになるよ。昨年、七久保の実家でね、ひどい目にあってね。庭に蕎麦を干したまま、畑で仕事をしていたところ、急に大雨になって、蕎麦と筵が水浸しになってしまってね。下に敷いた藁まで濡れて、あとの乾かす作業がたいへんだったんだ。その時は切なかったね」

と、八十吉は語った。

「そろそろ、粟と稗のごちそうが出来る頃だから、帰ろうか」

「モトは面白かったよ。ありがとう」

昼のごちそうを食べながら、若江が言った。

「今日は、遅くならないうちに帰ります。本当に、おいしいものをいただきありがとうございます。今度は、遠山上村に来てください。為吉も待っています。山はたくさんあって、珍しくないけど、同じ山ではないから。上村から南に行った所に、龍淵寺というお寺があって、その近くから見る夕日は素晴らしいから、一度見ておくと話の種になりますよ。秋から冬にかけての夕焼けがすごいから、葛飾北斎の赤富士が逆様になったようだと人は言います。山は季節季節で趣が違うところがすばらしいね」

「私、慶は、涙が出そう。涙もろいのかな。たびたび来てね。モトさんにいろいろ教わります。牧野家の教育が良かったのかな。今度は出かけないといけないかな。茂さん連れて行ってくれる。上村川の清流も見たいしね。茂さんは、木曽へ行きたいようだけど」

「それとこれは別」

昼食後、間もなく帰って行ったのだった。茂は途中まで送って行った。

第四章

一

明治十二年十二月、宮口守雄さんより、茂宛、郵便が届いた。

［島崎正樹様は、十月下旬に、飛騨の水無神社を退官し、馬籠に戻りました。坂井茂はどうしているかと言っていました。神坂学校は、来年度から、教員三名になりそうだとのこと。馬籠で話を伺いましょう］

茂は、慶と八十吉に手紙を見せた。茂は本音を語った。「秋の取り入れも終わったし、近く、馬籠に行って、様子を聞いてきたいんだけど。もし、教員の募集があれば、応募してくるけど。まだ、新年度には日があるけど、早く動かないと」

「茂さん。あなたの望みなら、行って来て。八十吉はどう」

「同じです」

茂は木曽へ向かった。

まず、宮口神官さんに会った。

「手紙をいただき、ありがとうございました。さっそく、来てしまいました」

「島崎旦那様が十月下旬頃、水無神社からお帰りの途中お会いしたのですが、その時はご挨拶だけでしたが、先日、別の用事でお会いすることがあって、手紙に書いたような、次第だったんです。どうしますか、まず、島崎様のところへ参りますか。学校か、役場へ行きますか」

「島崎さんのところへ行って、ご挨拶します。一緒に行っていただけますか」

島崎家は馬籠本陣の門構えで格式高い建物である。坂を登って行って左側から入る。

「島崎様、坂井茂さんをお連れしました」

「おう、坂井茂さんだ。松本の教員講習会で出会ったね。久しぶり。その後、どうしていたの。私が、神坂学校を推薦したはずだったが」

「私は、あのまま、新々学校にいまして、校名が新井学校に変わってからも、そのまま、九年度まで勤めていました。十年度の五月に正式退職して、木曽の方面の学校を希望していました」

「そうですか。私もこれまでいろいろありましてね。あの時、あなたも悩みを持っているとか、言っていたけど、生きていればそんなもんだ。神坂学校は今でも希望するかね」

「はい、そのつもりです。島崎さん、学校や役場に紹介していただけませんか」

「教員が三名になるとか聞いたけど、早めの方が良いので、一緒に行ってみましょう。私が紹介すれば、多分大丈夫と思いますが」

「私は、これから用事がありますので、失礼しますが、島崎様よろしくお願いいたします」宮口さんとはここで別れた。

島崎正樹に連れられて、必要と思われる所を回った。

「郵便でよろしいので、次の物を送ってください。訓導の免許は持っていますか、この用紙に上から写してください。今までの教員歴をこの用紙に書いてください。それと、あなた自身の経歴。戸籍は役場で取ってください。もちろん今すぐ採用の返事というわけにはまいりません。島崎様の推薦状を添えて、上の方、執事へ上げます。新年になったら、すぐ新年度の予定を立てますから、私の方も早く結論を出したいと思いますので、お待ちください」

「島崎さん、いや島崎様、お声をかけていただき、ありがとうございました。帰りまして、さっそく応募書類を送ります」

「島崎でかまわんよ。もう、家督は長男の秀雄に譲ってあるし、何年もここを離れていて何のお役の声もかからないんだから、お役に立てるかな」

茂は、木曽でのことを二人に話した。

「島崎さんや宮口さんにお世話になって、書類の提出ができた。あと連絡を待つことになるよ」

「茂さん、採用になれば、生活が一変しそうですわね。同じ長野県でも、ひと山越えるのだから、気候、風習、人情、方言みな違いますからね」

「そうだね。何より健康を大切にしないとね。採用されたことを考えて、慶には苦労かけるけど、向こうで暮らすための衣服、家具、布団など準備しておこうと思う。新年のあわただしい時だけど。八十吉には、あまり迷惑を掛けないようにしないと。八十吉は、伊平兄貴の所で、来年用の俵(たわら)、桟俵(さんだわら)、縄(なわ)、筵(むしろ)、叺(かます)、蓑(みの)など藁を使った道具などを作らなければならないし。また、竹細工もこの季節の大切な仕事になっている。竹細工は、儀八じいさんが得意でね。背負い籠、びく、竹箕、笊(ざる)などきれいに編むんだ。真竹を細く加工して器用なんだ。わしも、見物しているのでわかるけど。わしは、残念ながら不器用で得意でない。新年といっても、忙しいので、負担をかけないように」

明治十三年の新年を迎えた。三人で、大洲七椙神社へお参りをして、家内安全を祈った。心の中で、牧野家、知久平坂井家、七久保紫芝家の安全を願った。

ここから見える一万尺を超える東の山、雪が真っ白に頭を出している。この地の段丘面を朝日の光の影がすべるように走って行く時、一瞬だが、地球が丸いことを実感する。西山は、裾が近いので見上げると山の上に直ぐ空があって、手が届きそうだ。このちょうど山を越えた向こうが木曽の妻籠宿辺りだ。

年末に降った雪が、田圃の北向きの土手に残っている。この地域は、内陸性の気候のため、雨量、雪は比較的少ない。ただ、夏は暑く、冬寒い。寒暖の差が大きいので、作物によっては、味が良いと評判だ。今年も豊作で、多幸の年であってほしいと願うばかりだ。

木曽からの便りを待っているのも気が気でない。

慶は木曽は寒いだろうと足袋やら綿入れ半纏(ばんてん)などの手入れに忙しい。布団も新たに用意した。茂は書類や書物を点検して分類している。

二

二月三日、神坂村より、神坂学校、教員採用内定通知が届いた。本採用は、三月になって正式辞令が出るとのことである。遅くなっては、準備ができないといけないので、早めに通知をするとのことである。

「慶、八十吉、採用内定書が来た。早めに内定書が来てくれたのはうれしいね。これから忙しくなるけど、よろしく願います。まず、住居を決めなければならないね。慶と一緒に木曽に行って決めて来たいがいいかね。八十吉は、このまま、しっかりこの坂井家を守ってもらいたいがいいかね」

二人は、同じ答えだった。

「うん、こうなるように、願っていたんだから、おめでとう」

「天気が続きそうな日を選んで出かけよう。まだ、雪は降るし、寒いし、慶は木曽は初めてだから。日帰りにしたいから、朝、八時に出発という計画にしよう」

結局、木曽へは二月下旬になってしまった。

まだまだ道に雪が残っていたが、本日は快晴だ。

茂は、出発前に計画を立てていた。回る順序は、かねさん、島崎さん、宮口さん、神坂学校。どこかで昼食。

「かねさん、こんにちは。元気ですか」

「あら、茂さん、素敵な人を連れててえ」

「愛妻の慶(よし)です」

「はじめまして、慶(よし)と申します」

「今日は、二人で何なの」

「来年度の、神坂学校の教員の内定をいただきましたので、住居を探したいと来ました。夫婦二人で住みたいんですけど、どこかに、下宿のできるところは、知りませんか」

「そうだねえ……。うちではどうかしら。今、私は一人で住んでいるし、部屋はいくつか有るし、寝具などそろっているし、神坂学校はそんなに遠くないし、どうかしら」

「いいんですか。下宿代は十分お支払いしますので、決めさせていただきますが。慶は」

「うれしいわ。こんなに早く決まるとは。きょう一番心配してきたところですから。布団などは持参しますし、なるべくご迷惑おかけしないよう気をつけます」

「一部屋を二人で使っていただき、台所、風呂は共同使用ということにいたしましょうか。食事などは別の方がいいでしょう」

「正式、採用通知が来ましたら、荷物を運びます。ありがとうございます」

「ここが、島崎様のお宅だよ。門構えの格が違って、気後れするね。いろいろ気遣いしていただき、神坂学校に呼んでいただいたんだよ。

こんにちは、来年度神坂学校に内定をいただきました。これも、島崎様のおかげです。妻、慶と一緒にお礼に伺いました。ありがとうございました」

「よかったねえ。松本で出会った時、ぜひ来てほしいと思っていたんだから。こちらに来たら、ゆっくりお話をしましょう。実は、わしの四男の春樹は、神坂学校に通っているんだ。これがわしの妻、ぬい。よろしくね。ぬいは世間話が好きで気さくな方だから、話しに来てくださいよ」

「まあ、あなたったら。わたしのこと、見抜いているのね」

「面白い方ですね。わたし慶です。よろしくお願いいたします」

「ここが、村社諏訪神社、こちらが宮口守雄さん。こんにちは」

「お二人でよく来てくれました。神坂学校に内定が出たんだってね。よかった。どこに住むの、決まったの」

「かねさんのところに、下宿することになりました。これからも、この地方はわからないことばかりですので、お教えください。大成教のこともありますので、よく相談に乗ってください。お願いいたします。

慶、宮口さんは、この神社の神官さんでね。博学で有名な方なんだよ。戊辰戦争において、尾張藩兵に加わり、会津征伐に参加したんだよ」

「いや、昔の話ですよ」

「これから、二人とも親しくご厚誼のほどお願いいたします」

きょう、最後は神坂学校を訪れよう。

「突然失礼します。里見村から来た、坂井茂でございます。来年度の教員に内定をいただきました。ありがとうございます。学務委員の蜂谷榮七郎様はいらっしゃいますか」

「私が、蜂谷です。今後、書類の手続きになります。正式には、三月二十日頃から来ていただいて、他の二名の方と、公務分掌、教育課程、時間割、授業内容など決めていただく予定です。書類をそろそろ送りますのでお願いします。坂井さんは、経験豊富とお聞きしておりますので、それなりの役をお願いすることになるのではないでしょうか」

「木曽は、初めてですので、まず、地域について理解をしていきたいと思います。地域の方々の協力なしには、教育効果が上がりませんので。村のお祭りや行事には、児童と一緒に参加して理解を深めたいと思います」

「そのような、お気持ちはありがたいですね」

「急に伺いまして申し訳ありません。ありがとうございました」

計画通り進んで、帰って来た。茂は、多くの皆さんの協力をいただき、ありがたいことだと感じていた。

三月十日、正式採用通知が届いた。来年度、神坂学校教員三名のうち、茂が首座教員の辞令である。理由は、訓導免状あり、教員経験あり、教員研修など熱心に受講していること、年齢が四十五歳で年長である。

首座教員は、教員全員をまとめていかなくてはならない。神坂へ行って直ぐに責任を持たされるのは不安であるが、年齢を考えるとしかたがない。茂は、やるしかないと決意した。二十日には出勤せよとのことである。新年度の計画を立てなければならない。

さっそく、承諾書を提出して、大急ぎで馬籠行きの準備に入った。ある程度身の回りの物は準備はしていたが、実際現実となると、何かと配慮することが多かった。関係親族などへの挨拶があり、あわただしい日が続いた。

「八十吉は一人で、この家に当面住むことになるが、何かあったら連絡を頼むよ。特に、親戚の結婚式だ、葬式だと義理があった場合、連絡をね。義理は欠かせないから。家督相続、戸主については、夏休みに帰った時に相談しよう」

「うん。しっかりやるから、安心して仕事に集中していいよ。僕はもう二十二歳なんだから、自覚しているよ」

「八十吉、慶からも一言。私は八十吉の姉でもあるし、養母でもあるのだから、気持ちが通じると思う。少し別れて住むことになるけど、いずれ、一緒に住むことになると思うから」

こうして、三月十五日、茂と慶は木曽の馬籠へと出発したのだった。

三

「おはようございます。職員会議を始めます。私が学務委員の蜂谷です。それぞれ自己紹介をしてください。最初に坂井茂さんですが、本来、新年度からが任期ですが、坂井さんは、学校を一時退職されていまして、本日は事前に都合を付けて来ていただきました。来年度のことは、今年度中に計画を立てなければならないし、首座教員として来ていただきましたので、教員としての思いをお聞きしたいと思うのであります」

「私は、坂井茂と申します。伊那の谷からやってきました。首座教員という辞令をいただきましたが、何分未熟なものですので、皆さんの協力をいただき、早く職場に馴れ、児童にも馴れて、よりよい方向になりますよう、よろしくお願い申しあげます」

他の教員も自己紹介を行った。それから、現状の発表があった。

十二年度の神坂学校の学齢に達しているものは、九十九名。しかし就学者六十七名。授業日数二百八十五日。

明治五年文部省学制によって、学齢に達した者は全員教育を受けるようになったが、まだ未就学者が多い。授業料がいることや教育に対する認識の高まりが遅いことが原因ではないか。啓蒙して就学者を増やすことも教員の使命ではないか。ここ神坂学校でも女子の就学率が少ない。新年度に向けて、役場と連携して経済的なことを含めて取り組んでいこうと話し合われた。

まだ、学制公布から数年しか経っていないので、各校とも教育内容について情報交換をして取り組んでいる。本年度九月、小學教科目を読書、習字、算術、地理、歴史、修身が基本と定められている。体育や裁縫など取り入れているところもある。

［習字］一つを考えてみても、学校教育としては体系化しなくてはならない。目標を定め

て、年齢により段階化し、内容は易しく教えなければならない。文字は人の意思を伝えるものであり、漢字は中国から日本に伝えられ、かなが発明された。中国では、甲骨文字は別にして、篆書、隷書、楷書、行書、草書すべてを筆で書いてきた。当然、日本で発明したかなも筆で書いた。かなは漢字の草体から生まれた。この文化を理解し継承するために習字という教科が必要になってくる。ただ、西洋から万年筆という便利な筆記用具が入って来ていて、実用化されるであろう。こういったことにも対応していく必要があろう。

縣の教育講習会、教員団体の研修会は情報を得る場である。茂は教員の研修団体、「奨匡社」に属して、回り番で発表者になったり、各分科会での司会者を務めてきた。参加者は熱心な討議に時間を忘れてしまうほどである。奨匡社は、熱心に、自由民権運動にも取り組んでいた。

来年度の授業内容は、今年度のものを参考にし、皆で話し合って決めていこうと、意思が統一された。茂は、皆が協力しようとする素晴らしい教員のいる学校だと思った。

さて、新年度が始まった。始業式で茂が紹介され挨拶した。児童の前ではあるが、緊張した。「まずは、名前を覚えます。みんなそれぞれ特徴がありますから、同じでなくていいんですよ。それと、健康で事故のないこと。学校は永昌寺の上だから、横の道は急で滑り易いので登下校の時、下駄の人は特に注意するように」と話した。

次の日になり、新しく就学する児童を集めて、親子共に始業時間、下校時間、弁当、服装、学用品、時間割表等々説明する。

児童の付き添いは母親が多かった。それぞれ、美しい着物を着て子供の手を引いて、親同士笑顔で挨拶する。こんな様子がうれしい。

下宿先に帰って、慶、かねさんに本日の様子を話した。

「良かったね、きょうは顔色がいいよ」慶が言った。

「そうかね、桜が咲きそうだから、今度の日曜日か次の日曜日に三人でお花見をしようか。かねさん、花見に良い公園は知っているかな」

「あるある。だけどね、山桜が一番清楚で、周りの風景に調和してすてきですよ」

「そうだね、何度か往復した道だけど、馬籠峠まで行って山桜を見よう。ついでに、男滝、女滝の方へも足を延ばそう。ウコギのおひたしはシャキシャキしておいしいし、たらの芽の天ぷらなどもうまい。弁当を持って行きたいな。用意しておいて。きょうは、慶、かねさん、梅酒で乾杯しよう」

さて、本日より授業開始だ。

「先生方、予定のようによろしくお願いします」

「坂井先生、飛び級をした特別優秀な子がいるんですが、読書の授業はどう扱いましょうか」

「誰だね」

「島崎春樹といって、千字文は終わって、孝経、論語を読んでいるんですよ。医者の児玉政雄先生について学んでいるのです」

「島崎春樹は正樹さんのお子さんですね。名は知っていましたが、孝経、論語ですか。私も京都で竹斎先生に習いましたが、もう少し歳が上だったかな。他の児童のこともあるから、これ以上特別扱いはできないので、今の教科をしっかり習得させ、なお一層深めて指導しよう。この教科は、私は好きな方ですから、私が担当しようかね」

「そうしていただければ助かります」

数日経って、大変な情報が入ってきた。天皇陛下が中山道を御巡幸されるということである。

六月二十六日福島御一泊、二十七日三留野御一泊、二十八日妻籠御小休、馬籠御昼食、その後落合宿へとのことである。

長野県の書記官や御用掛が道路検分などに来た。警護の警部や巡査の往来が多くなった。西筑摩郡長などが来て、役場や村有力者と打ち合わせを行い、役割分担を決めていく。御昼食は旧馬籠宿本陣と決まった。ただ、屋敷を用意するが、食材、料理は御用取扱人が行うとのことである。陛下は上段の間、次の間は侍従室、中の間は大臣参議というように、準備をしなければならない。島崎家は全員で掃除を始めとして、調度品、部屋の修繕などあわただしく準備が必要となった。畳の上に赤絨毯を敷くとはいうが、新品の畳に取り替えた。上段の間の掛け軸は、尾形光琳のものを掛けた。六月の中旬になると、長野県より書記官や御用掛が点検にやって来た。提灯や日の丸旗など細かく点検する。庭の隅々までも点検をしていった。

五月、沿道の学校の首座教員が西筑摩郡長に呼ばれ、学童の対応について指導を受けた。当日の教員は当然羽織袴着用だが、学童も羽織袴である。急であるし家庭によっては用意できない場合もある。どうするか。陛下のご意向で通行の際の土下座は廃されたが、直礼の作法はどのようにするか。日の丸の持ち方、振り方、声の出し方、各校バラバラではいけないので統一するのだという。細かな指導書を示して、各校教員に徹底するようにということであった。

茂は、着任早々大変なことになったなと思ったが、やるしかないと決心した。

何か事があった時、首を覚悟しなければならない。

茂は全校朝礼をして、児童の前で話した。

「これから、毎日、陛下のお迎え、お見送りの練習を行う。敬礼は、立ったままで行うが、腰は直角より前に倒して膝に近づける。先生が級長に小さな声で、例えば『天皇陛下万歳』と言ったら、級長は大きな声で『天皇陛下万歳』と叫ぶ。その合図で皆は合わせる。旗の振り方も何通りか用意して、その場、その時によって違うので、毎日、練習をする。いいかな、粗相のないように」


当日になった。村中、緊張感に包まれた。島崎家は早々に羽織袴に着替え、女一同は最上の着物を着て準備した。朝から、天皇御用掛のものが到着した。細かなところまで点検をした。新品の赤絨毯が部屋の中まで敷かれた。

陛下は、馬籠峠にある熊野神社近くの小林邸で休憩をされて、いよいよこちらに向かわれたと情報が入ってきた。

馬籠宿は、坂道である。同行された岩倉具視の人力車が止まり切れずに人家に突っ込んでしまったとのことが、伝わってきた。村中、緊張が走った。

神坂学校学童は予定の場所へ、整列。茂は最初から最後まで練習通りできるかどうか緊張の連続であった。教員皆、疲れた。

終わってみれば、学童はよくできたと思った。明日の朝礼で褒めてやろう。

四

八月、夏休みになった。教員は、休みといっても、教員講習会、研究会への参加、児童への指導、家庭訪問、村の行事への参加等本当の休みではない。しかし、その合間を利用して、慶と里見村へ帰ることにした。来年は、この地方では新たに合併が進むようで、上伊那郡、下伊那郡共に村の編成が行われようとしていた。その様子も知りたかった。

「かねさん少しの間、里見村の方へ行ってきますが、お願いします」

「わかりました。気をつけて。夏バテしないようにね。あちらも夏は暑いというからね」

「私、慶も夏に弱いの。かねさん元気でね。とはいうものの別れるわけではないのにね」

八十吉と久しぶりに、食事を取った。

「家に帰ると落ち着くね。ところで八十吉、いくつになったな」

「八月で二十二です」

「そろそろ家督相続をして、戸主を譲りたいがどうだろう。私が遠くに住んでいたので、親戚の結婚式、葬式、隣近所の出産祝いだ病気見舞いだと、今まで代理でしてきてもらって感謝しているが」

「義理はいつでも引き受けますが、まだ二十二ですし、結婚もしていないし」

「今後、新年になっても木曽から直ぐに帰れないかもしれない。学校の新年の行事があって、学童を呼んで元旦の挨拶をしなければならないかもしれない。慶、どう思う」

「私も茂さんと同じ思い。八十吉は、私は義母になるけど、弟だから言いやすいけど。大変だけど地元の村や親戚の義理を果たしてもらえればうれしい。結婚はまだちょっと早い気もするけど、そのつもりで坂井家に来てくれたんだから」

「じゃあ、家督相続をお引き受けします。安心して木曽で活躍して」

「ありがとう。手続きは書類がそろったところでしょうかね。儀八さんや伊平さんにも話をしよう。木曽へ行くとき挨拶に行った時から、もう八ヶ月も経ってしまったんだね。夢中で過ごしてきたからなあ。慶、明日、七久保へ行こう」

五

茂に関係する村の合併については、明治八年に行われていたが、十四年に再び次のように進んでいる模様である。

明治十四年四月十四日　遠山村の一部が分立して上村
明治十四年八月十七日　片桐村より独立、七久保村、上片桐村
明治十四年九月九日　里見村が分割、元大島村、大島村、山吹村
明治十四年九月九日　　久堅村（知久平村は久堅村）が分割、下久堅村、上久堅村

明治になって、村が変わっていくのは自然のことである。数年後にはまた編成替えがあるのではないかと思う。茂は、学校についても、村の合併や校名などの変更があって、教員の異動が進むのではないかと思った。

村の戸籍や表示が変わるたびに、役場の仕事が大変になるのだが、何といっても、住民に徹底し納得してもらわなくてはならない。この立場の現場職員の仕事のことを思うのであった。

モトの所も行って来ようかな。この八月で十八歳。慶も連れて行こう。

久堅村の坂井さんの所へも寄ってみよう。

兄、伊平の所は、お盆に何日か滞在して、お手伝いしよう。慶の母、やゑが亡くなってから満五年になるな。お墓参りをしよう。

里見学校の矢沢教員にも会って、その後の学校の様子を聞いてみよう。

それぞれ、木曽へ行ってから、ご無沙汰してしまっているな、と思った。

この夏、あわただしく、伊那谷を走り回った気がする。まだ、やらなければならないことがたまっているのでそろそろ木曽へ帰らなくてはならない。かねさんに何か地元の物をお土産に持って行ってやろう。

六

神道大成教管長平山省斎名で、信徒加入を勧めてほしいと、十三年十一月六日付で書類が来た。すでに、十年十一月二十六日付で、茂は大成教［教導職］を申し付けられていたが、この間、諸事があわただしく取り組めなかった。

村社諏訪神社の宮口守雄さんと相談してみよう。

「こんにちは。宮口さん。おかげで、学校の方が順調に進んでおります。ところで、私の所にこのように大成教から来たのですが、宮口さんの所はどうですか」

「ああ、こんにちは。学校の方、良かったですね。坂井さんの所も大成教から来たのですか。同じような書類が来ましたよ」

「私は、信頼できる宮口さんの指導をいただきながら、長野県とその周辺に信徒を広めたいのですが、一緒にやっていただけないでしょうか」

「そうしたいですね。私も教旨に賛同しています。仲間を増やし、学習会を通して、より理解を深めたいですね」

「これから、一緒に、よろしくお願いします。打ち合わせにたびたびお伺いしますので」


十四年正月になった。

学童を招集して、新年の挨拶を行った。役場や日頃お世話になっている所への挨拶回りは一通り済ませた。しかし、ゆっくり正月は過ごせなかった。慶には、大変申し訳なく思った。しかし、文句一つ言うこともなく、正月の松飾り、料理、村の祭りなどに協力してくれた。

「茂さんのやりたいことは応援するからね。私は何もできないけれど、何かあったら言ってちょうだい。体だけは大切にね」

八十吉には、今年は訳あって帰宅できないが、坂井家の戸主として挨拶回りも、村行事も任せるので頼むと連絡をした。

一月二十四日、［大成教講社瑞穂社］という名称で発起結成をすることになった。茂は、平山教祖より、一月二十四日付の辞令で、教導職試補、長野県部内五等幹事を委嘱するとの辞令を受けた。結成式は宮口さんの諏訪神社で十二名が集まった。人数は少なかったが、これだけの人員を集めるということは、大変な努力が必要であった。

結成式で宮口さんが司会を務めた。茂が結成の趣旨と、大成教の概要を説明した。

「神道大成教は、平山省斎が教祖である。

大成教の拠り所は、

一、応神天皇の遺志

二、明治天皇のお心

三、孔子・儒教の教え

四、物事の道理を窮める

明治になり、西洋からの文明・科学を学び、外国の長所を取り入れる必要がある。いたずらに、古伝を守るだけでなく、あらゆる事物を集めて大成するということである」と、説明した。

「ここに、平山先生のお書きになった自筆署名入りの掛け軸が掛けてあるが、奉信する神は次のように書いてある。

天之御中主神
高皇産霊神
神皇産霊神
天照皇大神
伊邪那岐神
建速素盞男神
大国主神

以上、今まで述べたことは私の解釈であって、もっと深い信旨があると思う。それを求めるのが神道大成教を学ぶということであろう。これから、長野県、岐阜県を中心に活動いたしましょう」

七

例の八十吉との相続の件で、書類も整ったし、新年度が始まる前に、役場へ行って来よう。だいぶ遅れてしまったなと思った。八十吉と書類を確認して、提出してもらうことにした。あとで確認すると、四月八日に正式に書類が受け付けられたとのことである。

学校も新年度が始まり、新しく新鮮な気持ちになるものである。昨年度以上に教員協力して学童側に立った授業をしていこう。

西筑摩郡では、五月に教員研修が始まるので、学務委員の蜂谷先生と出席の申し込みを行った。

当日、それぞれの参加教員は報告書、研究書を持参して活発な討論が行われた。茂の報告書は、「同一教室内での学力差児童の扱い方について」であった。

昼休みになって、隣にいた蜂谷先生から、先日、島崎正樹様が「坂井先生にお会いしたい」と申していたとのことだった。帰ったらさっそく連絡を取ってみよう。

「島崎様、わざわざ学校へお越しいただきありがとうございます。どんな、ご用件でしょうか」

「じつは、春樹のことなんだが。学校の教員の指導のおかげか、学習が進んでおります。児玉政雄先生にも就いて勉強をしているのですが。まあ良い成績だとのことで、ありがたく思っています」

「私も担当していますが、優秀ですね」

「このまま、田舎にいるより東京へ行って学ばせた方が良いかなと思うようになったのです。田舎では、文献なども手に入りにくいし。東京では各分野の専門の先生がおられると思うし。その上、人口が多いので、学童同士刺激しあって伸びるような気がしているのですが」

「春樹君はどう思っているのですか」

「本人は知識欲があるせいか、東京も面白そうだねと言っているのですよ」

「東京には子供のめんどうを見てくれる方はいらっしゃいますか」

「私の知人が何人かおりまして、その関係は大丈夫ですが、田舎者が都会でなじめるかが一番心配なのですよ」

「では、本人と家庭でよく相談して、転校することに決まったら、向こうの学校への転校手続きをしましょう。いくつかの書類が必要になりますが、それは任せてください。私も校内で春樹君と話し合ってみます。年度が始まっているので、途中転校となるかもしれませんが、夏休み明けの九月からということになれば、区切りがいいかもしれませんね」

その後、家庭相談の結果、提案通り夏休み過ぎの九月に東京へ行くと決まった。茂は、首座教員として、泰明学校へ書類を送付した。


また夏がやって来た。慶は洗濯物を干していた。

茂は、学校、大成教と忙しい日が続いたが、充実した毎日だなと感じるのだった。

「慶、一年は早いもんだね。あっという間に過ぎたね」

「そうよ、清少納言さんも枕草子二四五段で言っているでしょ。

ただ過ぎに過ぐるもの　帆あげたる船。人のよはひ。春、夏、秋、冬。

とね」

「おそれ入りました」

「布団を干すと暑い時だからすぐ乾くわね。寝るとき、布団が熱いけど気持ちがいいものね。今年の八月はどうするの。休みを利用して、大成教の方に力を入れるの。あなたはいつも忙しいけど。できれば、八十吉の所へ行ってやりたいけど、彼は一人で頑張っているんだもの」

「何よりも優先するのは家族だから、里見へ帰るよ。お盆は大切な行事だもんね」

八

清内路峠は蟬の合唱大会だ。夏の木陰は気持ちが良い。

阿智村に入った。明治八年の合併で周囲六ヶ村がまとまって阿智村となっていたが、今年十四年八月十二日に阿智村が駒場（こまんば）村、春日村、智里村に分割することになっているということだ。

「そうだ、慶。駒場宿だった所に、後藤元齋さんという医者の方で、昔、お会いして親しくしていただいた方がおられるので、ちょっと寄ってみたいがいいかね。すごいお屋敷なのですよ」

「いいですよ」

「こんにちは。後藤さんはおいでですか。だいぶ昔、お会いしたことのある垣本茂です」

「やあ、やあ。垣本さん。久しぶり。だいぶ昔になるが、はっきり覚えているよ。隣の方は奥さんかね。うちの家内のみゑです、よろしく」

「みゑです、慶さんはじめまして」

「主人がお世話になったそうで、ありがとうございました」

「じつは、垣本から坂井になりましてね」

「うちへ上がって、お茶でも飲んで。話をしよう。あれからどうしていたのじゃ。京都から来たとか聞いたが、明治維新を挟んで苦労があったんじゃないの」

お茶とまんじゅうが出された。

「それなりの事がありました。今は、馬籠の神坂学校の教員をしており、故郷の里見村へ帰る途中でございます。後藤さんの方はいかがでしたか。医者は続けていらっしゃいますか。長男の摂男さんは、大阪でオランダ医学を学んでおられるとかお聞きしましたが」

「その長男が亡くなってしまったんじゃ。辛くて悲しくて、わしは一時、仏門に入ろうかなと思ったんじゃ」

「ええ、そんな。ええ。そんなことが……」

「主人がね、仏壇の前で毎日涙を流していたんですよ。毎日般若心経を唱えていたんですよ」

「おまえだって、いままで何も知らなかった般若心経をどこで覚えたのか、そらで唱えているのを知っていたよ」

「自分の子供を亡くすということは、言葉にも文章にも表すことのできない辛いことです。慰める言葉がありません。日本語になぜ適切な慰め言葉がないのでしょうか。親の気持ちは経験した者でないと……」

「親、兄弟の身内を亡くし辛い思いをしたこともあるけど自分の子となると……。私たちではなく、世間ではあることなんですが……。どうぞ、おまんじゅうを食べてください、何もなくて」

「それでお二人で住んでおられるのですね」

「摂男の弟たちは養子に出してしまったので、そういうことです。誰かうちに養子になっていただける方がいないかと思っているのですが、親戚の方々も心配して、この伝統ある後藤家をどうするかと話し合っているのです。一代前の後藤家から出た親戚の関係から養子、養女を迎えれば、血の濃い後藤家が繋がると親戚では話し合っているのです。ただ、まだ年齢が若いので直ぐにとはならないのです。当分、二人で暮らすことになりそうです」

「人生は、波瀾万丈とはよく言ったものです。私の場合も、最初の妻と実の子、長女と訳あって別れたのですが、前の妻子はほんとに良い方と巡り会って幸せに暮らしています。長女はモトといいますが、私の籍になっており、この八月で十九歳になります。役場か郵便局の仕事を希望しているようですが、空きがないとかです。私も心配しているところです。上村に住んでいます」

「私、慶もモトさんのことが気になっています。とても頭の良い人で、学校では優秀で、読み書きが得意です。その上気立てが良く、きれいな人です」

「あなた、そのモトさんという娘さん、うちにお手伝いさんとして来ていただけないかしら」

「よく気が付いたね。この間、みゑと二人で話をしていて、私たち歳を取ってきて、この大きな屋敷を掃除するだけでも大変だね。まだ二人の生活が続きそうだから、どなたか家事などお手伝いの方がほしいねと言っていたところなんですよ。みゑには医者の手伝いをしてほしいと思っているし」

「ありがたい話をありがとうございます。なんといっても、本人次第と思います。ただ、上村と駒場村とは直ぐに行ったり来たりできる距離ではありません。いくつもの山を越えなければならないのです。牧野家の方で許してくれるかどうかです。私は、八月はお盆を挟んで学校の方も休めますので、その間にこのお話をお伝えします」

「ぜひ、良い話になってほしいですね」

「急におじゃましてしまいまして申し訳ありませんでした。悲しくて、辛いでしょうが、お二人共、気を強くお持ちください」

牧野家を訪ねた。

「……という話になりまして。まずはモトの気持ちもですが、家族全体に関する事ですので、急いで決めなくてもよいと思いますが。

後藤さんは今も医者をされていて、生活は安定しています。今、お二人で生活されています。すごい邸宅です。

昔は藪入りといって、奉公している所から、旧暦正月一月十六日、盆七月十六日に家に帰る習慣がありましたが、今は新暦ですし、それにとらわれることはないと思います。けど、駒場村は遠いので一旦奉公すれば今日帰る、明日帰るというわけにはいきませんね」

若江がモトに尋ねた。

「壽〻はどうなの」

「私はこの歳だし、いずれここから離れることは覚悟しています。奉公に出ることもお嫁に行くことも親孝行だと思います。茂お父さんの話ですから良い話だと思います。私も今まで皆のご厚意に甘えてきてしまいました。羽ばたく機会かもしれません。急な事ですので、これから準備が必要と思います。身の回りの物が準備できるまで待ってください。心の準備もしたいですし。特に私を産んでくれた母さんと離れることになるから。お父さんやまさにも同じ気持ちだけど。一旦出たら、頑張るから、この話を進めてください」

「壽〻姉さん。これでいいの？」とまさは聞いた。

「いいのよ、まさは牧野家の人」とモトは答えた。

一同、沈黙した。それぞれの思いがあったのであろう。

「日程や細かいことは私が先方と打ち合わせをして連絡しますが、それでいいですか。いやあ、壽〻、いやモトはしっかりしてるね。自分はこの歳の頃は何をしていたんだろう。島田村に来た時には、もう二十六歳だったんだ」

と若江の方をちらりと見た。若江は何も言わず前を向いたきり沈黙を続けていた。

馬籠へ帰る途中に、後藤家に寄った。モトは家事手伝いとして奉公することに同意したことを伝えた。急だったため、準備が必要である。また、連絡を取り合って、適切な時期を決めようということである。後藤家としては、妻のみゑさんの希望で、なるべく早くお願いできればありがたいということであった。

九

「島崎春樹君は今度、東京の泰明学校へ行って勉強をすることになりました。では、春樹君に挨拶をしてもらいます」

「僕は東京へ行って勉強をすることになりました。みんなと仲良くやってきて、別れるのは辛いですけれど、また会えるのを楽しみにしています」

皆、拍手をして別れた。

「いつ、誰と行くの」と茂が職員室で聞いた。

「二十日です。秀雄と友弥。それと伏見屋さんの弟の二郎さんという方、眼の治療のために同行するそうです」

「東京まで、中山道を行くんだね。ここから歩いて沓掛まで行って、そこから馬車に乗って七日掛かりそうだね。頑張れよ」

「はい。お母さんが鞄に金平糖を入れて用意してくれました。草鞋やら足袋やら持って行きます」

「お母さんは心配なんだよ。お父さんは何か言ってたかな」

「何枚かの短冊にありがたいことを書いて、餞別としてくれるとか。何か書いているよう

「先生はちょうど用事が重なって見送れないので、お父さんお母さんにそのことを伝えといて。体に注意してな。先生も春樹君に期待しているよ」

「先生、ありがとうございました」

春樹が東京へ出発した後、九月下旬に馬籠では恒例の秋祭りとなった。諏訪神社の宮口さんは神官として祭りを盛り上げていた。茂も児童を集めて、揃いの半被を準備し、提灯を持たせるなどして、祭りを盛り上げた。氏子連も太鼓や横笛でのお囃子で毎日練習し、馬籠中祭りの音で盛り上がった。

茂は、村の祭りや行事には積極的に参加をしようと心がけていた。教員は学校内に留まっていてはいけないと思っていたからである。村人の顔を知り、挨拶を交わすことは、教員と村人の心の交流だけでなく、このことがきっかけになって親子の心の交流にも繋がっていくことである。学校は、児童の教育だけではなく、地域の方々の相談者となればうれしいと思う。

慶もかねさんも祭りに参加して、楽しんだようだ。

十

明治十五年。学校、大成教と順調に進んでいる。今年は、元大島村に帰ることができた。平穏な正月が過ごせた。

モトの方は、この正月に打ち合わせたところ、季節も良くなる五月五日に後藤家にお世話になることに決定した。

慶の兄伊平さんと妻志ぅさんから、七久保村へ移転しないかと熱心に勧められた。

「八十吉ひとり元大島村にいて、仕事は七久保に通っている。七久保村へ一家転住したらどうですか。まず、俺、伊平の家に来て。家の東側の土地を分与するから、そこに新しく家を建てたらどうですか。今、俺の小屋みたいなものはあるけど取り壊して良いので、どうですか。茂も慶もまだ馬籠であるし。八十吉は家ができるまで伊平宅にいれば良いので」

「そんなに甘えていいのかな。わしは、いつまで木曽の方で教員をしているかわからないし、大成教も長野県、岐阜県の責任者であって、元大島村にいつ帰れるかわからないから、八十吉に迷惑をかけないとすると、そうした方が良いのかもしれない」

「わたしは、ここは元々実家ですが、木曽から帰って来た時は、隣に家が建っていた方がいいな」

　と、慶は言う。志うも勧める。

「ここはね、冬は寒さが厳しいけれど、雪はそんなに降らないし、水は豊富で、快適ですよ。災害もあまりないし。教員をもしやめたときは、ここで兄弟協力して暮らせるからね」

　茂、慶、八十吉は同意して、これからの方向を考えた。

「では、まずこの家に住所を移すように準備しましょう。家財道具などは当面家ができるまでこの家に運んでおくように。役場への手続きは、あわてることはないから。木曽にある荷物もすぐ使用しない物は、伊平の家に運んでおいていいですよ。八月には遅くともうちへ移りましょう」


　神坂学校、新年度、教員は五名となった。在籍生徒数、男六十五名、女十六名であるが、出席生徒数計六十名である。ここがもうひとつ取り組みが必要であると、茂は首座教員として至らないところだと感じた。新年度の最初の職員会で出席生徒を増やす努力をしたいと抱負を述べて、協力を訴えた。

五月五日になって、茂がモトを連れて、後藤家に着いた。みゑさんが大変喜んだ。

「よく来てくれましたね。馴れないところで不安でしょう。そのうち馴れるからね。なんでも聞いてね」

「坂井モトと申します。わからないことばかりですから、いろいろ教えていただきたいと思います。よろしくお願いします」

「ここがあなたの部屋です。まず、荷物を運び込みましょう。そのあと、皆でお茶を飲みましょう」

モトは、すごい立派な部屋だと思った。畳の匂いも新鮮だ。こんな豪邸に、果たして馴染めるのかと心配になってきた。でも、一度決心したことはやり通したいと思った。

「私が後藤です。家内に、医者の手伝いをしてもらいたいんですが、今まではそうはいかなくてね。あなたに来ていただき、助かりますよ。まず、お茶にしようかね」

みゑはさっそくモトに教えた。

「モトさん、お茶碗は、この戸棚にあります。今日はおめでたいから、伊万里の花唐草のお茶碗にしますね。お茶は新茶が手に入ったから、これを入れて。鉄瓶でお湯を沸かしておきましたから、急須に移してね。鉄瓶は南部鉄瓶というのよ。まず、私がやりますから見ていてね。お盆はこの扉の中、木曽の漆器、覚えてね。栗菓子はお手塩皿に、いや輪島塗の皿の方が合うかな。楊枝はこの棚、クロモジの木で作ったやつ。茂さん疲れたでしょう。これから直接馬籠へ帰るんでしょう。何か腹にたまる物を食べますか」

「恐縮です。では、甘えて塩むすびでもいただきますか」

「今日は、来ていただけるということで、お赤飯を作ってありますから、よかったら食べていってください」

「……ごちそうさまでした。では、モトのことよろしくお願いします。モトよ、早く馴れてな、迷惑かけるなよ」

「はい。早く覚えて、しっかり仕事をさせていただきます」


茂はそのまま、馬籠に帰った。

「ただいま、モトを連れて行ってきたよ。親として少々心配になってきたが、あいつのことだから、何とかやるだろう」

「ご苦労様。疲れたでしょう。お腹は減ってるの」

「いや、赤飯をいただいてきたんだが、少し緊張してね。あまり喉を通らなかった。もう少しご飯をいただくか」

「じゃあ、お茶漬けにする？　ご飯にお茶を掛けて梅を載せて。さっぱりして、うまいよ。

新茶は、しばらく買えないから許して」

この夜、茂は心配で、寝付きが悪かった。

「あなた、こんな物が届いているよ」

「どれどれ。荷を開けてみるか」

五等幹事　坂井　茂

大成教會結集ニ付テハ最初ヨリ盡力……賞與候也

明治十五年六月十三日

大成教管長　大教正　平山省斎

「表彰状と金一封だ。瑞穂社結成とその後の活動を認めて褒めてくれたんだ。ありがとうございます」

「あなたは何事にも熱心だからね」

「その分、慶には迷惑をかけていることは承知しているがね。この世で一番の理解者と思っているよ」

「褒めても何も出てきませんよ。さてと、針仕事でもするか」

「ほんとにそう思ってるんだよ、信じて」

十一

八月中に元大島村から七久保村へ移転の予定だったな。過去を振り返ってみると、何をやるにも八月になるな。まあしかたない。

「八十吉、荷は運び終えたかな。今日は慶も来たから、近所に挨拶回りをしよう。何年ここに住んだのだろう。八年ほどか。少し寂しい気がする。庭の小石ひとつにも別れを感ずるんだ。石にも愛を感ずるんだ。仏教でいう愛別離苦ってやつかな。人間であれば四苦八苦は避けられない」

「伊平兄さん、三人が来ましたよ。お世話になります」

「どうぞ、志うも掃除をして待っていたよ。この部屋を使ってくれ。八十吉はこちらの部屋だ」

「番地の確認をしておくか。元大島村甲六百五十一番地から七久保村甲五百十二番地に移転と。書いておかないと忘れてしまうでな」

「さて、新築の話だが。ここに図を書いてみたが、これでどうじゃろう。この辺では標準的な建て方だが、希望もあるだろうし検討してくれ。八十吉も、そろそろ結婚をしなければならないし、そのことも考えてな。ただ、決めてから、完成までには一年以上かかると思うので、早く取り組んだ方がいいと思うよ」

「全面的にご厄介になりますが、お願いします。細かなことは、戸主である八十吉に任せますので」

「住めば都といいますが、ここは良い所ですよ。西は駒ヶ嶽、その前に見える烏帽子嶽、東は遠く見える塩見嶽、そこの近くに見えるのは陣馬山嶽。四季ごとに変化を楽しめます。西に夕日が沈む頃、立木の影が東に長く伸びて、それはそれは幻想的。夕日は極楽浄土。日が沈んだ後も、ずっと見ていると、時に何の鳥だか知らないが、集団で飛んで行くのが見える。飽きないよ。志うはここが好き」

「七久保村は、与田切川と前沢川・日向沢によってできた扇状地で、俺、伊平の住んでいる所は扇状地の末端部に当たるので、横井戸が取れる。昔っから、舟という木枠に水を溜めて飲んだり顔を洗ったり、その下に池を作って鯉を飼うんだ。生け簀で鯉を飼っている家が多く、お祭りには鯉料理が出される。きょうは記念の日だから、鯉料理としよう。味噌で煮るとな、うまいんだ」

「そこへ、サンショウを入れると風味がよくなる。儀八さん、サンショウを取って来て、とげがあるから気をつけて」と志うが頼んだ。

「わかった、取って来る。この間、うちの山へ行ったとき、サンショウの木があって、ちょうど摺り子木にするにはいい太さだった。鋸（のこぎり）を持って行って切ってくるよ。この辺りは、サンショウの木が多いからなあ」と儀八が言った。

そのあと、六人が囲炉裏を囲んでの食事となった。鉄鍋で鯉を煮込んで食べた。

「お酒が少しほしいな」と儀八が言う。

「じゃあ、二合徳利に酒を入れて、お湯でお燗をしていただくか。みんなで分け合っていただこう。正月以来お酒をいただけるのは久し振りだね」

慶と八十吉は勝手知った家であるので、戸棚から酒と猪口六つを出して飲む準備を始めた。

茂は、坂井家をここに建てて、終の住み家になるのかなと思った。八十吉に早く嫁さんを探さないと、戸主としての責任感を深めてもらいたいと思う。

「皆さん、八十吉に嫁さんをお願いします。八十吉、当てはあるのかな」

「ないない。皆さんよろしく」

こうして、七久保村に移転したのだった。

十二

明治十六年、新年度になった。
神坂学校、教員は六名となった。在籍生徒数男七十名、女十八名、出席生徒数在籍生徒数と同じ計八十八名。昨年度より少し増加した。

さて、この頃、八十吉に縁談が持ち上がった。相手の方は、上片桐村諏訪形の、父、北澤由三郎さん、母りみこさんの長女、たまさんである。北澤家は、土地持ちの旧家とのことである。風習に則って進めなければならない。この場合、頼りになるのは伊平夫婦と慶である。茂と慶の結婚の時はやや変則的であった。慶の親、儀八さんとやゑさん及び仲に入っていただいた福澤平右衛門さんの理解を得て結婚できた。

今度は嫁もらいに人を立てて、仲人さんを立て、結納を交わして、長持ちに荷を入れ運んで、式を挙げて、里帰りという一連のことをしなければならない。

茂と慶の立場は、養父養母であるので、すべてに関係しなければならない。木曽は遠いからといって、省略というわけにはいかない。ここでの出番は妻慶である。兄夫婦や親戚と連絡を取って、茂と日程の打ち合わせを進めていく。

北澤家も、坂井家の立場を理解し、あまり窮屈なことを言われることはなく、順調に進められていった。

たまさんは、良妻賢母型の性格で、少し控えめであるが、健康そうで、明るく、美しい方であった。八十吉とも仲良くやっていけるなと感じるのだった。長持ちの中には、一年中の服装、礼装、布団類などぎっしり詰め込まれていた。地方の風習で、荷が到着した時、隣近所に御披露目する。縁側に並べて見ていただいたのだった。

十月十五日。結婚式が行われた。八十吉二十五歳、たま二十四歳。

この時は、八十吉の家はこれから建てようということであるので、伊平宅で式、披露宴を行った。親戚、隣近所に披露して、宴会が深夜まで続くのであった。

式用の用具である、三三九度の杯、銚子を始めとして膳、茶碗、椀、皿、箸、徳利、猪口、笊（ざる）など親戚、近所で貸し借りし合うのはいつものことである。

茂と慶は、伊平宅の玄関前の庭に立っている大きな歴史ある白樫の木に寄りかかって話をしていた。

「ひとまず安心だな」

無事、八十吉、たまの結婚式が済んだのだった。

結婚式を終え、馬籠へ帰って間もなく、大成教より、二通の書類が届いた。

大成教會二等幹事ヲ任命スル　　坂井　茂
　明治十六年十一月八日
　神道大成教管長　大教正　平山省斎

神道ニ……道感賞之至ニ候……賞状ヲ附與スル者也　　坂井　茂
　明治十六年十一月八日
　神道大成教管長　大教正　平山省斎

「慶、今度は二等幹事になったよ。お褒めの賞状をいただいたよ」

「またあ。すばらしいね。なんてすごいこと。あなたほどの人はこの世にいないよ。才能に感謝ね」

「よく褒めるね、残念ながら今度も何も出ないよ」

「何もないことは、初めからわかっているよ。ははは」

「明後日、学校は、年末休業に入る。慶よ、十七年の正月は、できるだけ早く帰って、八十吉、たまと過ごしたいね。結婚後、最初の正月を迎えるので、八十吉はたまの実家に新年のご挨拶に伺わなければならないし、坂井家四人で産土神社である七窪神社にも参拝したいしね。わしも、宮口さんの諏訪神社のお手伝いやら新年の学校行事を終えたら直ぐに帰るから準備をしておいてくれ。峠の雪の心配は、今年はなさそうだ」

「はい」

十七年元日、夕方、帰った。

「明けましておめでとうございます」

伊平宅で、七人が顔をそろえた。

「新年だから、今晩もお屠蘇(とそ)をごちそうになるか。今朝は、雑煮をいただいたが、今晩も雑煮にしよう。明日、二日の朝は、擂り初めと言ってな、長芋をすり鉢で擂って、青のりを振り掛けて食べるのが習わしだ」と儀八が言った。

「習わしを教えてください。少しずつ覚えていきます」と、たまが言った。

「今は、志うのやるのを見て覚えればいい」と八十吉が言った。

「たまさん、田舎は、習わしが多くてね。大晦日は、大根、里芋、こんにゃく、ごぼう、にんじん、わかめを入れた吸い物と、酒粕をかけた鮭を食べるの。吸い物は、元日の雑煮となるの」と志うが言った。

「はい、段々覚えていきます。でも、私の実家もほとんど同じようです」

「明日早朝、茂、慶、八十吉、たまの四人で七窪神社へお参りに行きなさい。坂井家の無病息災を願っておいで。この神社は俺らの産土神社で、俺は何年か前、回り番だったが神社総代長をやったんだ。上伊那郡には、二百を超える神社があるが、七窪神社の格は約五百年近くの歴史があって十指ほどに入るんだとよ、御利益があるぞ」と儀八が説明した。続けて、

「七窪という名は、隣の本郷村の西岸寺の中世の古文書に、七窪という地名が記載されているのだ。神社ではそのまま七窪としている。いつ、七久保となったか、諸説あり、わからない」

七窪神社の参拝を済ませて、歩いて帰る途中に珍しい洋風三階建ての学校があった。七久保(ななくぼ)学校である。明治五年八月、片桐、上片桐、七久保が連合して、上片桐の瑞応寺に［精研］学校と称して開校、翌六年七久保の慈福院に［脩道］学校、翌七年に［七窪］学校と称した。八年に当時としては珍しい洋風建て校舎が完成して移った。十二年に［七久保］学校と改称された。十五年には、洋風三階建てとなった。

「ここがその慈福院だよ、しだれ桜が見事だよ」と八十吉が言った。

家に帰って、八十吉とたまは、直ぐ北澤家に向かった。

「新年のご挨拶に行く御年賀は、茂と慶が用意したから、持って行きなさい」

坂井家の新築は少しずつ始まっていた。伊平と八十吉が話し合いながら、地ならしはほぼ終わり、束石、土台、柱、板、竹、赤土、檜皮(ひわだ)、石など材料の手配をしているところだった。大工さんに相談しながらもなるべく自分達で仕事をしていきたいと思っていた。間取りはこの前の案で進めていた。玄関は西、裏口は東。玄関と裏口は土間で通り抜けとする。玄関を入って北に風呂場を置く。その北東は馬屋とする。馬屋の東は、穀物、道具の物置とする。風呂の東側の土間に凸と凹の石を埋めて藁など叩くようにする。土間の南は手前から下座敷、囲炉裏、板の間、東側は竈(かまど)を置く。板の間には水瓶を置く。下座敷の南は上座敷で床の間とする。囲炉裏の間に飯台を置く。ここは筵(むしろ)を敷く。囲炉裏の北の土間には焚き物を置く。上座敷の東に中の間を作る。上座敷と下座敷の西は縁側として、雨戸を収納できるようにする。物置の東側は土間の味噌部屋を作る。

柱を立てたり、屋根については大工さんの指導の下、壁は左官さんの指導の下、近所の方や親戚の皆さんの手を借りなければならない。大事業だ。完成は十七年の年末を目標とする。

第五章

一

十七年度になった。茂は、神坂学校に勤務して四年が経った。

六月になって、急に転勤の話が出てきた。長野村の長野学校である。

大桑村は、長野県西筑摩郡となっていたが、明治十四年三月十二日、分割して、野尻村、長野村、殿村、須原村が発足していた。それぞれの村に学校があったが、七月四日より伊奈川派出所を置くことになった。そのため、教員の配置換えがあり、一名不足するとのことである。なお、来年度、十八年十二月には、この四区学校を合併して、大島学校と称し、野尻、殿、須原支校とすることになっていた。伊奈川派出所を加えた五校をどう運営するかということになると、経験豊かな教員が必要である。そのため茂が首座教員として選ばれたようである。

「慶、急に転勤の辞令が来た。まず、住む所だがどうしよう。野尻宿、須原宿の所だから探せばあるかもしれないが、家財道具のことやら、何やら直ぐというわけにはいかないが」

「本当。まあ。急に。茂さんには、どこでもついて行くと言ってある通りよ」

「こうしようか。当面、かねさんの所にこのままお世話になって、わしが通勤しよう。ここから長野村まで約五里ほどあるが、知久平から新々学校に通った時も五里の距離だったから、何とかなるさ。そのうち、良い所を見つけよう。見つかるまで、慶には迷惑を掛けるなあ。朝早く出て、帰りは夜になると思うよ。大成教の普及で何度か行ったことがあるので、勝手知った道だけどね」

「このことを必要な人に知らせなくてはね。まず、かねさんにね。八十吉とたまさんにも知らせなくては」

七月になった。

長野学校は高台にあり、手前が校庭、その向こうが校舎である。見渡すと木曽川が流れ、頭の丸い易しい山がいくつか競って連なっている。この地の村人はこの山のように優しいのではないかと思う。まず、村のことを知ることが第一である。

初日、着任の挨拶はいつものように、役場へ行って村長さんはじめ、今後お世話になる事務方に済ませた。村の合併やら学校の新設・合併やらと明治になってこのところ複雑なことが多く、大変なことを知らされた。木曽川沿いの谷間の長い大桑の地域をどのようにするか、そのひとつが学校問題である。学校問題は通学問題である。

教員四名。在籍児童数、男百三名、女九十一名。日々出席数は約半数ほどとのことである。就業生徒数をいかに増やしていくか、授業内容はどうするか、地域の要望は何か、教員間の協力をどうするか、課題が多いことを思うのであった。

二

「慶、今年のお盆は七久保へ帰れるかな。家の建設がどこまで進んだか見たいが、今年は夏休みといっても学校の方が忙しくてな」

「できれば帰りたい。お盆の三日だけでもね。あなたは大切な仕事があるから、勤務優先でもいいよ」

「何とかして、やり繰りして、三日間休むよ」

「慶、帰る途中に、モトがお世話になっている後藤さんの所に寄ろう。どうしているかな。心配だから」

「うん、元気だといいんだけど」

「こんにちは。坂井です。モトは居ますか」

「あ、坂井さん。おうい、みゑ、坂井さんが見えたよ。モトはどうした」

「あら、お二人で、いらっしゃい。モトは今、包帯と脱脂綿そして赤チンキを買いに行ってもらっているの、もうじき帰ると思うわ」

「モトが大変お世話になっています。様子はどうですか」

「それは、それは、しっかり働いてくれて助かっています。物覚えが良く、てきぱきと動いてくれます」

「それは良かった。何か変わったことでもありませんか」

「それがね。言っていいのかな。この坂を上がった所に、浄久寺というお寺があるんだけど、そこの住職さんの奥さんが私に言うの。お寺に小さな池があって、鯉を飼っているんだけど、二人で仲良く見ていたって」

「相手というのは、男の人ですか」

「そう」

その時モトが帰って来た。

「ただ今。買って来ました。……あら、来てくれたの。ありがとう。このように元気です。お父さん達も元気ですか」

「元気だよ、わしは今度、大桑村の長野学校へ転勤してかなり忙しく働いているよ」

「冷たい物でも出すから」

「あの、聞きにくいけど、モトには好きな人はいるの」と慶が聞いた。

「うん、いるよ。熊谷三四郎さんていうの。お祭りの時に出会ってそれからお付き合いしてるよ」

「みゑは名前は知っている。こんな村だから、どこの息子さんかすぐわかるよ」

「わしも、聞いたことある。あの息子さんなら頭が良くて、学生時代に特に理科が得意だとか有名だよ。お父さんは敏男、お母さんはひろみとか言ってたかな」

「モトは黙っていたけど、ばれていたのかな。でも、隠すことでもないしね」

茂は安心した。モトは、この十三日で満二十二歳だし、どうしたら良い婿を迎えられるか考えていたところであった。できれば良い方向に向かってもらえばと思うのであった。

「モトは、若江かあさんと連絡は取っているかな。駒場の郵便局は直ぐそこなんだからね。手紙を出しているかな。さて、自分達も七久保へ住むようになって今帰るところだよ。七久保へも機会があったら行こうか。住所はここに書いたから、無くさないようにな」

七久保へ着いた。

土台、柱、屋根の骨格は出来て、棟上げ式は終わっていた。その時、茂は多忙であるということで欠席、八十吉、伊平が執り行った。この地方の慣例に従って、屋根に登って棟梁と八十吉が切り餅を投げた。多くの近隣住民、子供達に来ていただいたとのことであった。

畳、障子、襖、雨戸は注文済みとのことである。これからの作業は、竹で編んだ壁に、赤土と、藁を細かく刻んで混ぜ、土壁を塗るところであった。

「八十吉、近所の方々にお世話になった人工（にんく）は記録しているよな。後で精算する時や完成祝いに招待しないといけないから」

「大丈夫、きちんと付けているよ。たまもよく手伝ってくれるのでありがたい。寒くなる前に完成させて、新年には新しい家に入りたいね」

「わしは、今回直ぐ木曽へ帰らないといけないので、あと任せるよ。連絡してあるように、勤務校が代わったばかりで忙しいのでな。伊平兄さん夫妻には本当にお世話になっているよな。たまのお子はまだかな」

「今、そんなどころではないよ。家のことだけではなく、もうすぐ秋だから、稲刈り、稲こき、年貢の支払い、芋類の収穫、菜葉類、ねぎ、人参、大根の冬囲いが必要だし、山へ行って、松葉をごみ掻きで集めないと火を焚き付けるのに冬困るのでね。薪は今年は廃材が出ているのでそれを燃やすつもり。やることがいっぱいある。まあ、忙しいけど充実しているといえば充実していると言えるかな」

「手伝えなくて、悪いな」

茂は本気で感謝していた。


家が完成したとのことで、お祝いをすることになった、と八十吉から連絡が来た。新年に入る前、ほぼ穀物の収穫が終わった、十二月五日、伊平宅から引っ越して、この日から住むことに決まったとのことである。完成祝いは、五日の、その次の日曜日に行いたいということだった。親戚、近隣のお手伝いをいただいた方々、建前の関係者に招待をしてあった。

前日の土曜日の夜に、茂、慶は駆けつけた。

八十吉とたまのてきぱきと準備をするところをみると、頼もしく見えた。

当日、茂、慶に相談しながら事を進めていく。無事終了したのも、兄夫婦の協力があってのことだった。

　この時のために、兄伊平より分与していただいた物が、物置の中にあったので、茂は記録しておくことにした。

玄米四俵二斗　糯二斗　粟一斗　蕎麦一俵　大豆二斗五合　小豆四升
亜麻仁油五升　干柿四嵩半
鍬一口　薩摩鍬一柄　眞鍬一口　樵斧一挺　鉈一挺　大鉈一挺　大鋸一挺
根古筵一枚　半筵五枚　蕎三束　茣蓙六枚
木綿羽織一枚

　そばで一緒に確認していた伊平、八十吉、たまは盛んに感心していた。

「さすが、漢文の得意な教員だ。漢字で書いていく。それにしても小さな文字のきれいなこと」

「慶は、いつもこういうの見慣れているのよ。当然のことで変わったことではないわ。大きな字だってじょうずだよ」

「おう、ごちそうさん」と伊平が言った。

「茂より、伊平さんに御礼を申し上げます。こんなに譲っていただいて、どうしてよいやらわかりません。兄弟とはいえ、とてもできることではありません」

「いやいや。協力できることがあればいくらでもしますよ。兄弟、助け合っていかなくてはならないからね。これで、新年はすぐそこですが、気持ちよく迎えられそうですね」

「上新井や木曽で使っていた生活用品も物置に入れていただき、お手数おかけしてしまいました。ちょっと早いですが、良いお年をお迎えください」

茂と慶は満足して帰った。

三

明治十八年が明けた。例年のように年末、年始の行事は慌ただしかった。

しかし、今年は新しい家で、坂井家は新年を迎えることができた。

坂井茂、慶、八十吉、たまと玄関に、表札を掲げた。茂が檜の板に筆で書いた字は見事だった。和漢朗詠集風の和様体であった。

「新年の内だが、駒場にいるモトのことで、後藤さんの所に寄り、相談したいことがあるので帰ります。八十吉、たまの一年間の健康と多幸を祈っています」

茂と慶は後藤さんの所へ寄った。

「新年おめでとうございます。ちょっとこんな物お口に合うかわかりませんが、召し上がってください。モトが大変お世話になります」

「新しい年が来ましたね。今年は良い年になるといいですな」

「はい、私も七久保の家が新しくなり、良い年を迎えました」

「さて、モトさんのことだが、熊谷家より三四郎の嫁さんに来てほしいという要望を受けているんだよ。三四郎は三男だから、別家を出したいと言うんですよ。親の意見や、第一、本人の気持ちをしっかり聞かないとと言ってあるんだがね。この間、このことをモトさんに伝えたら、私は好きな人のところへ行きたいが、坂井家、牧野家はどう思うのかって言っていたよ。良い話になれば、私たちが中に入ってもいいのですがね。モトさんは働き者で機転の利くすばらしい娘さんですから、推薦したいのですよ。熊谷家はこの村でも立派な格の家であることは保証しますよ」

「そんなふうになっていたんですか。後藤さんのお話ですから、ぜひ進めていただきたいですね。牧野若江のところへは私の方から連絡しておきますが。多分喜んでくれると思います」

「モトさんをこちらへ連れて来ましたよ」とみゑが言った。

「新年おめでとうございます。私のことで、お寄りいただき、ありがとうございます。私の気持ちは、後藤さんにお伝えしてあります。熊谷三四郎さんといっしょになりたいです。三四郎さんと結婚できれば、私たちは現代風に式を挙げたいと話し合っています。わがまな私たちを許してください。ただ、別家の家を建てるには一年はかかるそうですから……」

「茂も経験上、家の完成までに一年かかったから直ぐにとはいかないかな」

慶も口を挟んだ。

「わたしたちの結婚は、わたしの親と茂さん、中に入って進めていただいた、福澤平右衛門さんの五人でお会いして決まりました。でも、こんなに幸せな生活を送っています。形ではないのですよ。お互いが、感謝して生活すれば、結果が付いてきますよ。形にとらわれないようにということに、賛成します」

「熊谷さんの方にこの話を伝えていただけませんか。別家の家の建設をしていただいて、完成後に結婚の届けを出しましょうか。後藤さんには、お手伝いさんとしてモトを引き続きよろしくお願いいたします」

「お父さん、話は全然違うけど、道綱の母が書いた、蜻蛉日記が手に入ったら読みたいの。現代語訳の本よ」

「そうか、探しとくよ。お前は文学少女、ではなく文学女性だね」

四

例によって、清内路峠を越えて、馬籠へ帰って来た。

一月二十四日。辺りが薄暗くなった頃、茂が学校から帰ると、慶は炬燵に布団を敷いて、横になっていた。

「どうしたんだ。どこが悪いのだ」

「ごめん、今日、茂さんが勤めに出てから、気分が悪くて、横になってしまったの。下腹辺りが痛いような、堅いような感じで、立っていられなくて。少し休めば良くなるよ。これから夕食の支度をするから」

「いつも元気なのに、急にどうしたんだろう。いいよ、いいよ。夕食はわしが作るから、寝ていろよ。やったことがないから、心配だろうが。ご飯は朝のままだな。慶は食べてないんだ。卵焼きと味噌汁と大根漬けと菜っ葉漬け。味噌汁はわかめを入れるよ。でも、慶は、おかゆの方がいいな。じゃあ、二人分、おかゆを作るか。今朝のご飯に、水をたくさん入れて煮ればできるから。そうなると、梅干しがいるな。

おかゆを少し食べてみろよ。食べると元気になると思うから。おかゆを食べた後、煎じ薬を作ってやるよ。お腹だとかいうから、ドクダミとセンブリがいいかな。しまった、卵焼きが焦げてしまった」

「おかゆがおいしかったよ。食べられたから、明日は大丈夫だよ」

「慶よ、次は、薬。ドクダミは毒ではなくやや甘い味だよ」

「確かに、生の時は少し匂うけど、乾燥すればおいしいね」

「次、センブリ」

「げ、げ。苦い。茂さん飲んだことあるの。苦い。苦い。こんな苦い物がこの世にあるんだ」

「良薬は口に苦しと言うだろう。ちょっと博学を、センブリは二年生の植物だ。珍しい」

朝になって少し回復したようだ。「良いからと言ってすぐ動き回るのは良くない。今日、一日そのまま寝ているように。食事は、小麦粉を捏ねて、おやきにしておいたから砂糖をかけて食べるように。煎じ薬を飲んでいるように。掃除はやらないように。茶碗は洗わないように。洗濯はやらないように、もちろん着る物を畳んだりしないこと。布団は畳まないこと。今日、一日は静かに休んでいるように、炬燵のことは、かねさんに頼んでおいたから」としっかり言い聞かせて、勤めに出かけた。

茂が帰ると、しっかり言いつけを守って寝ていたようだった。

茂は、妻が病んで、「生活」ということを感じた。妻に何もかもやってもらっていたんだ。勤めや大成教を一生懸命やればそれで満足していた。だが違う。生活は「命」のことなんだ。慶の仕事は偉いとか尊敬とかを求めていない。生きるということそのものだ。わしは慶が病気になってわかったんだ。慶によって生かされてきたんだ。茂は妻が病気になって、心の底からそう思った。

慶が元気になったら、どこかへ二人で行って、おいしい物でも食べよう。慶に感謝しよう。

「慶、元気になって良かったな。煎じ薬が効いたかな。桜が咲いているから、妻籠へ行こうか。以前、かねさんと馬籠峠まで行ったが、あの時は良かったね。その、峠を下って、右へ登って行くと、いつもの清内路峠だが、そこを左に下って行くと妻籠に行くといつも言ってたな。わしは、この道を毎日長野学校へと行っているんだがな。慶と出かけることはあまりなくて済まなかった。体のことを考えると馬で行こう。少しは歩くことになるが、これだけ元気になれば、大丈夫だろう。運動をしたほうが体のためになるから」

「そうね。運動をして体を鍛えなくてはね」

二里ほどで、妻籠に着いた。昔の宿のような賑わいがなくなったのは、馬籠も妻籠も同じだった。馬籠は坂の宿だが、妻籠はほぼ平坦な道で、規模が大きいようだ。妻籠脇本陣に天皇陛下がお休みになったとか、茂は、五年前の児童の指導のことを思い出していた。本陣もこの向かいだな。

この宿の人々は、今は、どんな生活をしているのだろう。田圃、畑はそんなに見られないのだが、と話し合いながらゆっくり夫婦で歩いた。

「桜がきれいだね。どのお家も玄関に花が植えられていてこれもきれいだ。植えられている木は歴史を感じる古木が多いなあ。

これが光徳寺といって、馬籠の永昌寺と同じ妙心寺系のお寺だよ。石段をゆっくり登ってみようか」石段を登りながら、茂が言った。

「教員は、児童にしっかり勉強しないと偉くなれないぞと言っていれば済むが、坊さんは人の生き方を説くのだから、大変な仕事だな。前にも言ったことがあるけどね」

「うん、私は尼さんも尊敬しているよ。修行が大変だったろうね。私では務まらないよ。喉が渇いたし、そろそろ食事にしましょうか。何を食べますか」

「蕎麦か五平餅か。今日は、両方注文しよう」

馬籠に帰って、その日は久し振りに夜、ぐっすり眠ることができた。

長野学校の十八年度新学期が始まった。教員は助手を含めて十名。在籍生徒数男百七名、女四十四名。日々出席生徒数平均八十名という大きな数である。

茂は首座教員ということで、年度末には新年度の授業計画を立てた。授業計画だけではなく、公務分掌の分担、つまり弁当指導、児童の服装・挨拶などの生活指導、掃除分担、学用品係、校舎修繕係、児童の父兄（ふけい）会連絡係、医務室係、連絡網、冬になればストーブ係等の分担である。茂は、村役場との調整を図らなければならない。十二月には四区の学校の合併問題がある。

学期が始まって、恒例の運動場の石拾いを全校児童で行った。

運動場は父兄の方々が毎年春、秋二回整備に来て、作業をしていただく。低い所へ砂を畚（もっこ）で担ぐ人、たこ摺（す）りで平らにする人、周りを鎌で草刈りをする人、皆楽しそうに作業をしてくれる。ついでに、廊下や壁の傷んだ所まで直してくれる。

この村の人々は元気で健康であり、これが児童の行動にも繋がっているんだなと感じる。自分は御礼の挨拶だけしかできない。

やがて梅雨季になって六月の日曜日、久し振りに晴れた。茂は洗濯物を干していた。

「あら、茂さん洗濯物を干している、珍しいわね。天気が変わって晴れたのかしら。失礼。奥さんはいる」

「かねさんの言う通り珍しいね。毎日雨だったものだから、洗濯物が溜まってしまって、わしが、ごしごし不器用に洗濯板で洗ってお手伝いをしているところです」

「洗濯物を干したら、終わりではないのよ。常に天気の様子を気にして、雨はどうの風はどうのと気にして、乾いたら、物によっては火熨斗か熾ごてで伸ばして、たたむの、茂さんは着物はきちんとたためますか」

「それが全然だめ。自分がやるとぐにゃぐにゃになっちゃう」

「雨に当てると白い布が茶色になってしまうので、そうなったら洗濯をやり直すことになるのよ」

「わしの肌着が茶色になると困るよ。注意することが多いんだ。こんな注意事項は論語には書いてないよ」

「坂井茂さん、論語より証拠。……ちょっと違うな」

梅雨がまだ明けない七月十一日、慶はまた寝込んでしまった。

「まだ梅雨が続いているので、気分が悪いのかもしれんな。梅雨が明けると、急に暑くなって困るけど、体をゆっくり休めろよ。今日は、ゲンノショウコを煎じたから飲んでみよう。熱はあるかな。うん、少しあるようだ。手ぬぐいを水で絞って頭を冷やしてみよう」

「心配かけるね。大丈夫だから。勤めに行って。休んだら皆に迷惑をかけてしまうから、茂さんは責任者なんだから。わたしより、勤め優先よ」

「帰りに、熊の胆(い)を買ってくるよ。苦いけど、センブリほどではないからね」

「うん、何でも飲むよ」

「かねさん、いつもお世話になってすみません。慶が昨日(きのう)、寝込んじゃった。わしは心配だけど勤めに行きますが、お願いします。できるだけ早く帰ります。休みになったら、今度はしっかり看病しようと思います。おかゆをこしらえておきました。たぶん、自分で食べられると思いますが。今朝はいつもの元気がないようなので……」

「具合の悪いときは、お互い様。はやく良くなってほしいよ。できることはするから。勤めの大変なことはわかるからね」

それから慶は、気分の良い時、悪い時を繰り返していたが、ずっと寝たきりになってしまっていた。

「慶、お医者さんに来て診てもらおうと思って、古根淳先生にお願いしたよ」

「うん。ありがと」

古根先生は診察をして、

「これは、古瀬梁司先生の方が専門かもしれん。紹介しておくから診察してもらいなさい」と透明な小瓶の水薬を置いて行った。

それから、古瀬先生が診察を行った。

「古瀬先生、どうでしょう」

「消化器系か泌尿器系だなあ。たびたび往診しよう。今日から茶色の瓶の薬を一目盛りずつ、一日四回飲むように。これは尿がよく出るようにするための薬だ」

「先生、ありがとうございました。慶、これで元気になるぞ。しっかりしろよ。夏休みはできるだけ側にいるから」

暑い夏が過ぎた。秋の爽やかな季節となってきた。慶の状態は夏よりは良くなったような気がした。

「茂さん、苦労かけるね」

「今までのことを振り返って考えたんだが、慶のことを何一つ気に掛けてやれなかった。こうなったのも、自分のことしか考えていなかったわしが悪いんだよ。すべて任せきりだったということに気が付いたんだ」

「そんなこと言わないで。わたしは、いやいややっていたんではないんだから。むしろ感謝していたんだから」

「どこか痛い所はないか」

「ずっと寝てばかりいたので、背中と腰が痛いよ」

「揉みほぐそうか、おかゆばかりだから、力が付かないな。何か滋養になる物でも用意するよ。何が食べたいかな」

「優しすぎて、怖いよ。何もいらないよ」

「たまには、お魚でも買ってくるよ」

「気持ちが、うれしい……」

「慶の体調不良で、自分が反省している時に言うのはどうかと思うけど、大成教の管長従六位平山省斎より、十八年二月、小講義。四月一日、中講義。先日の十月二十九日、権大講義という辞令・称号を受けていたんだ」

「それは良かったね。あなたの努力の結果ですよ。いいことよ、うれしいよ」

「慶の健康の方がうれしいよ」

「これから、十二月に向けて、学校の編成替えがあるので、忙しくなってしまう。ごめんよ。お給料を貰うってことはこういうことなんだ。幸い、同僚の先生方が協力してくれて、奥さんの面倒を見るように、休むように勧めてくれる。代わりに授業をやるからと」

「いい先生方だね」

「今年は、十人の先生のうち、経験の少ない人が半分いるけど、みんな熱心で協力的で、だから児童が素直に伸びているんだよ。

慶には初めて言うが。この十二月に四区小学校が合併し、長野学校が大島学校と称し、須原、殿、野尻に支校を置くというものだ。伊奈川派出所は二十年三月で廃止。二十年十二月大島学校が長野学校と改め、三支校は従前通りという複雑なものだ。当面、ここまで決まっている。明治二十二年四月一日より長野村、須原村、殿村、野尻村が再び合併して大桑村となるのではないかと、うわさである。そうなると、長野尋常小学校と改めることになり、三支校は従前通りである」

「複雑で覚えられないよ。忙しいことだけはわかりました」

「長野村の横の伊奈川という川は、七久保のちょうど真西に当たるんだよ」

「へえ」

「何も考えないで、お休み」

五

十一月二十五日、慶は話をするのも辛いような状態になった。

古瀬先生に来ていただいた。

「どうですか、先生。助けてください」

「うむ」と腕を組んだままである。

「この処方薬を与えて、安静にするしかないか。他の先生にも診てもらおうか」
二、三日後、会話ができるようになった。
「慶、わかるか、元気を出せよ」

「うん。茂さん、……わがまま言っていい」

「なんだ」

「七久保へ……帰りたい」

「そうしよう。そうしよう。そうしよう。生まれた所の空気を吸おう。水を飲もう。きっと良くなるよ」

大至急、特別仕立ての馬車を用意しようと探し始めた。八十吉に連絡をした。

「七久保へ慶が帰るよ」

十二月一日。古瀬先生に紹介されて、大船一、森松太郎、二名の医者が連れ立って診察に来てくれた。「ふるさとへ帰りたいと言っています。本人の気持ちを叶えさせてやりたいので、今、準備をしているところです」と言うと、「そうしなさい。できるだけ暖かく安静にして帰りなさい。本人の希望を今なら叶えられますよ。この薬を持って行きなさい」と医者は言うのであった。

十二月五日。出発となった。

前日、長野学校の同僚の方々、役場の方々にお願いした。

「妻がこれこれなので、連れて行って来ます。ちょうど忙しい時ですが、ご迷惑をおかけします。児童にも迷惑がかかってしまいますが」

「見てあげなさい。こちらのことは心配しないでいいから」

皆、そう言ってくれた。茂はどう感謝したらいいかわからなかった。

「かねさん。長い間お世話になりました。慶が、七久保へ帰りたいというので、帰ります。どうしてもっと早く気が付かなかったんだろう。わしは、学校の勤めがあるので、送って行って、すぐ帰らなくてはならないのです。とりあえず、慶の身の回りの物を必要最小限持って行きます」

「慶さんとはこんなに親しくなって。故郷（ふるさと）へ帰って、元気になって、また会おうね、絶対よ」

と、かねは慶の手を握るのであった。

「かねさん。ありがとう」

「慶さん……」

「また……会いたい」

七久保へ到着すると、八十吉、たま、伊平、志う、儀八が待っていた。

下座敷に炬燵を用意して、布団を敷いて、暖かくしてあった。さっそく横になった。慶は下座敷から西側に見える伊平の家を見て言った。

「そこが、わたしの生まれた家」

囲炉裏では、薪を赤々と燃やしているのだった。火付け用の松葉の香りが漂っていた。

慶が言った。

「松葉の香りがする、昔の匂い。いい匂い」

「慶がここに来たいと言う前に、もっと早く、わしが判断すれば良かったのにと悔やまれる。わしはだめな男だ」

「遠いところご苦労様です。連絡を受けてから、手配しました。明日、少し遠いけど、飯田町の名医という評判の松井亭という医者に診ていただきます。馬車は、秋廣傳右衛門さんに頼んであります。結婚の時引き合わせていただいた、福澤平右衛門さん宅に泊めていただき、九日に、自宅に戻ります」

「八十吉、いろいろ、ありがとう」

「いえ、ここにいるみんなが動いてくれたのです」

「わしもずっと付いていたいが、長野村の事情があり帰るけど、日曜日には帰ります。学校は年末年始の休みがあるので、家に来ます」

「義母慶ですが、姉慶ですから、甘えてもらいます。しっかり面倒見ます」

坂井家戸主、八十吉はそう言うのだった。

七日、茂は、福澤平右衛門宅まで同行し、木曽へ帰った。

慶は、九日に診察を終えて坂井家に帰って来た。

松井亨医師は、飯田から遠いけれど、様子を見ながら、時々往診をしてくれるということであった。念のため、住所を書いていただいた。

飯田町三百五十三番地　松井亨

慶は、布団の中から庭を見たり、眠ったりを繰り返していた。

「十二月で寒い時だけど、太陽が出て、この西側の部屋に夕日が当たる時は暖かいね。山のてっぺんにはもう雪が見えるよ。こんな美しい所ないよね。この、山の向こうが、茂さんの勤めている学校だね。今、何してるかな、こちらを見ているかな。かねさんは、今、何してるかな」

慶は、木曽のことを思い出していた。

六

茂は二十九日、帰って来た。

「慶、どうだい。聞こえるかい。わかるかい。茂だよ」

「うん。しげる……わかる。待っていたよ」

茂が手を握ると、軽く握り返してきた。八十吉が言う。

「松井先生が今度、正月だけど二日の昼頃、往診に来てくださるようです」


三十一日大晦日になった。

「しげ……、あり……」

この言葉が最後に、昏睡状態となってしまった。

明治十九年一月二日、昼頃、松井先生が往診にやって来た。

「午後一時、誠に残念ですが、ご臨終です」

茂は呟いた、「ごめん、こんなに若く……尽くしてくれて……」

茂、八十吉、たま、伊平、志う、儀八が見届けた。

慶、満三十七歳七ヶ月。数え三十九歳。短い生涯であった。

「死亡診断書を書きます」

「後日、私、茂が松井先生のところにお伺いします」


六人で話し合った。

喪主、坂井八十吉。神式で行う。斎主祠掌、大成教松村茂穂。死亡届原案記録、坂井茂。たまは、二月に初出産を控えていたので、葬儀参加はなく、その他の仕事とする。


さっそく、隣組近所に連絡。日程、役割分担を決定した。

葬儀は隣組が仕切るのである。伊平は指図方を担当する。

一月四日、午後四時葬送。夕方から夜にかけて葬儀を行うのが習わしである。家の外で葬儀は行われる。

土葬なので、穴掘り三名が必要である。竹切り、親戚連絡、買い物、記帳、料理など隣組が分担する。葬列順は親戚が決める。

牧野若江には大嶋、増澤さんが報知係として連絡をしてくれる。

茂は、かねさん、モトに自分で連絡をした。

茂は葬儀が終わって、香奠帳を確かめた。

病気見舞　白砂糖　牧野若江より
病気見舞　さかな　モトより

形見分けは、茂が行った。記録を付けた。

空色綾織反物　壱反
水色模様裏地紅　絹下着
鼈甲中挿し　壱本
　右　三品　若江へ
紺色襦袢綿入れ
鼈甲前挿し　壱本
　右　二品　壽ゞへ
襦子木綿前掛　壱
　右　一品　マゴメかねへ

たまや八十吉他数人にも形見を分けた。

茂は記録を見返して思った。

「壽〻と書いてしまったがこのままにしておこう。鼈甲の髪挿しは、慶との結婚の時に京都で買った物だ」

この後も、忌中見舞い、初十日祭、お忌明け祭、新盆、一年祭などと続くのである。お忌明け祭については、五十日目に行うべきところであるが、木曽へ行く用事など都合があり、三十一日に行うこととした。

学校、医者、かねさん、宮口さんなどとの用事があり、この長距離を何度も往復することとなった。心身共に疲れを感じるようになってきた。

八十吉とたまの、初の子が二月に生まれる。

モトの話によると、そろそろ、三四郎の家が完成とか聞いた。三四郎との結婚が四月になりそうである。

七

茂は学校の教員を辞めることを決心した。

二月中に退職届を出そう。早くしないと新年度の教員人事に迷惑をかけてしまう。今まで迷惑をかけて申し訳ないという気持ちが強かった。学校や村の変革の途中であるが、自分には無理だと思った。限界を感じてしまった。途中で投げ出すことになる。なんとも恥ずかしいことだ。無責任と言われても仕方がない。

学校の同僚教員から続けてほしいと言われる。もう、決めたことだ。心残りがないかと言えば嘘になる。教員歴十数年になるかな。

離任式には、児童に別れの挨拶をしたい。次年度の教員との引き継ぎはしっかり行いたい。三月三十一日まできちんと勤めよう。でも、疲れた。

「宮口さん、大変お世話になっています。妻が亡くなりまして、この三月末をもって、教員を辞め、七久保に帰ろうと思っています。宮口さんのおかげで、会員数が千名を超えたようですね。平山管長さんから権大講義をいただき、これも宮口さんの努力の結果だと思います」

「奥さんがお亡くなりになってしまったのですか。ご愁傷さまです。教員をお辞めになるとは残念ですね。七久保という所からここまで遠いからね。あなたが馬籠へ来て何年になるでしょうか。私もあなたのおかげで、平山管長さんから、権大講義をいただきました。七久保へ行かれても、一緒に活動をしていきましょう。今までと同じようにとはいきませんが」

「宮口さん、権大講義の記念に、写真を撮りませんか。できれば宮口さんの都合のいい日を設定していただき、写真屋さんをお願いすれば、と思うのですが」

「それは、いい考えですね。大成教の正装をして、平山管長さんの掛け軸を後ろに掛けてね」

「三月いっぱいは馬籠に居ますが、それ以後は七久保の方へ連絡ください。よろしくお願いします」

馬籠へ来るきっかけとなった、島崎正樹さんに挨拶をしよう。

「正樹さんはおいでになりますでしょうか」

「あら、坂井先生。このたびは奥さんがお亡くなりになられたとか、お寂しゅうございます。かねさんから伺っています。正樹は体調を崩して、寝込んでいます」

「ぬいさんと慶は生前親しくしていただき感謝しています。ところで、東京へ行った春樹君はその後どうしていますか」

「東京で英語を学んでいるそうですよ」

「そうですか、これからは英語が必要ですからね。実は、この三月で教員を辞めることになりまして、せっかく正樹さんに馬籠に来るきっかけを作っていただいたのですが七久保へ帰ることにしました。ご挨拶に伺ったのですが」

「わざわざありがとうございました」

「正樹さんによろしくお伝えください。お体の方大切にしてください」


お世話になった医者の先生方に、ご挨拶と支払いをしなければならない。

「手厚く診察・治療をしていただきましたが、残念な結果になってしまいました。御礼申しあげます」


「かねさん、教員を三月いっぱいで辞めることを決心し、辞表を提出しました。七久保へ帰るまで、もう少し部屋をお借りします。葬式には大変お世話になりました。慶は、また会いたいねと帰ったんですけどね」

「そうね。また会いたいと言ったね。それがかなわなかった。慶さんとは思い出がいっぱい」

「そう……」

「茂さんには形見分けまでいただきありがとうございました。茂さんも教員を辞めてしまうなんて寂しいねえ。垣本さんの時からのお知り合いだもの。また、何で辞めるのよ」

「かねさんだけには本当のことを言うけど、七久保からこんな遠くに来て、坂井家のことを何もしてこなかったし、慶には迷惑を掛けたし、その慶が居なくなって気力が衰えてしまったんですよ。疲れたんです。この部屋に帰っても、一人の寂しさは耐えられないんですよ。慶あっての自分だったんですよ」

「男の人が残されると、よけいそうかもしれない」

「荷物は、少しずつ運びます。心の方も少しずつ運びます」

八

飯田町の医者松井亨先生に御礼の挨拶と往診の支払いをするためにお伺いした。

「松井先生、遠くまで診察に来ていただき、ありがとうございました」

「力及ばずで、期待に応えられなくて。ところで、あなたは教員をしているとか聞きました。確か、大島から木曽の学校へ行かれたとか聞きました」

「今まで、長野村の学校に勤めていたんですが、今学期限りできっぱり教員を辞めることにしました。心機一転、七久保で田圃や畑の仕事を手伝います」

「あの……。こんなところで話すことではないかと思いますが。非常識と言われるかもしれませんが。この近くに館野さんというお宅があって、そのご主人は十三年に亡くなってしまったのですが、娘のことを大変心配してまして、往診ごとに、最後まで私に話していたのです。怡之吉とおっしゃる方ですが。お母さんが房子と言いまして、母が一人で、これまで六年間長男一郎くんと長女志保さんを育ててきたのです。内職の身入りは少ないんですよ。苦労されたみたいです。志保さんは二十四歳です。一郎君が結婚するとなると、部屋は狭いし。志保の相手の方はいませんかと房子さんは先日も言っていました」

「私も八歳の時に父が亡くなり、母が縫い物や翠簾を編んだりの内職をして六年間育ててくれました。母親の気持ちは充分わかります。しかし……」

その後、松井氏が館野家に話をしたところ、大変乗り気になり、会いたいという話になった。

「母、房子さんは、『娘を嫁にやるなら、お百姓さんのところなら、食いっぱぐれはないし、安心だ』と、言っていました。志保さんも乗り気で相づちをうっていましたよ。町中の人は、そう思うのではないでしょうか。明治になって、新しい仕事が生まれ、今までの仕事が廃れます。しかし、食べ物の産業は廃れることはありませんからね」

茂は、松井氏、志保さん、房子さん、一郎さんと会うことになった。これが、世間で言う「縁」なんだろう、縁と運とは違う。運はそこに、事が偶然あることだが、縁は前世から決まっていることである。志保さんは小柄で色白の丸顔の美しい人である。

志保さんから「ぜひ、お願いします」と言っていただいたが茂は少し時間をくださいと答えた。

後日、「私は教員を辞めて、七久保へ帰り、田畑を手伝おうと思っています。町中で育った志保さんには、大変かもしれませんが、私が補助しますからお受けします。志保さんをお守りします」と、答えた。

館野志保さん、房子さん、一郎さん、皆さんは、喜んでくださった。

父、館野怡之吉、母、房子、長女志保、飯田町二百六十二番地、上馬場町。

明治十九年三月二十日入籍とすることにした。茂五十一歳、志保二十四歳。

二月二十九日。

八十吉、たまの長女「トシヱ」が誕生した。

茂は木曽からさっそく駆けつけた。たまの実家から父由三郎さん、母りみこさんも来ていて、喜び合ったが内々感があった。伊平も志うも一緒に喜んだ。

この席で、茂が、教員を辞めて、七久保に帰ること、志保との結婚のことを打ち明けた。皆、驚いたようである。伊平が言った。

「人生は、いろんな形があり、固定化するものではない。これからは、多様化の時代になっていくであろう。トシヱが大人になる頃は、どうなるか予想は付かない。その時、その時の与えられた人生を懸命に生きていくしかない。生まれた時に、皆、違った試練を与えられているのだ。縁を大切にしないといけない」

トシヱの今後のお祝いの日時を確認した。

茂と、志保は入籍の手続きを終え、坂井家に館野房子、一郎、八十吉、たま、伊平、志う、隣組近所の方に来ていただいて、ささやかな宴を催した。

茂は、離任式や教員との引き継ぎのために、木曽へ向かった。志保は、里帰りという形で飯田の実家にいて、茂の帰りに、同行することになった。

かねさんの所から引き揚げるのは四月一日である。

三十一日、学校から帰り、茂はこれまでの教員生活について、思い出していた。何年教員をやってきたのだろうか。最後の離任式に児童の前で別れの挨拶をしたこと、校歌を歌ってくれたこと、学校の校門を出る時、時節柄、小さな花束だったけれど、同僚が心を込めて花束を渡してくれ、涙が出たこと。長年の思いはこれに尽きると思った。転勤と違って、退職ということは特別気持ちが違うものである。

「かねさん、花束をもらったから、飾って。その時うれしかったね。同僚に迷惑をかけたことが辛く、申し訳なく思っているよ」

「うん、御苦労さまだったね。一本お燗（かん）をつけたから飲んで。あなた好きでしょ、ウコギに鰹節をかけたの」

「何でもわかってるんだね」かねも小さく頷いた。

「明日は、最後の荷物をまとめてあるから、朝出ます。かねさんの所は木曽へ来た時、また寄らせていただきます。今までありがとうございました」

「いつでも使ってください。わたしの方こそありがとうございました」

かねさんに、志保との結婚のことを話すと、金十銭という大金を熨斗袋に入れて渡してくれた。茂は恐縮してしまった。

四月七日になった。熊谷三四郎とモトの結婚式である。

後藤家に、元齋さん、みゑさん、ひろみさん、若江、茂、三四郎、モトの八人が集まった。後藤家先祖伝来のお屠蘇用具によって三三九度の儀式を行った。

若江とモトは先日形見分けした髪飾りを付けていた。

茂は、じっと目を閉じて思い出していた。島田村へ来て、若江と出会い、出産、別れ、再会、そして壽ゞ、いやモトの結婚。あの時は若かった。でも、こうして三人は生きてここにいるのだ。不思議な運命だ。モトが二十四ならあれから二十五年は経ったんだ。

その後、新築となった三四郎宅に移動して宴を催した。

「モト、約束の蜻蛉日記、あまり、夢中になるなよ。三四郎君をだいじにな」

「道綱のおかあさん、一人しか産まなかったんだってね」

「時姫は、兼家の子を何人も産んで、皆、偉くなった。まあ、そこら辺を比較するのもいいかな。ところで、モトは何人くらい産むかな」

「そんなの、コウノトリか神様に聞いてよ」

その後、入籍の手続きを取った。三四郎二十五歳、モト二十四歳。

第六章

一

囲炉裏端に茂、志保、八十吉、たまが集まっていた。たまはトシヱに乳を与えていた。一家団欒である。八十吉が薪を焼べながら、引き出し付きの煙草盆から煙管を取り出して、刻み煙草を吹かしていた。

囲炉裏に座る席は、今までは立場によって決まっている。八十吉が言った。

「座る位置は自由にな。便利な所に座ればいいから。飯台の位置も便利な所に座れば良い」茂も口を開いた。

「わしは、教員を完全に辞め、坂井家の仕事をするつもり。志保は、町場育ちでわからないことが多いと思う。教えてやって」

「一から教えてください。漬物の漬け方、醤油醪の桶のかき混ぜ方、味噌汁の味噌の量、竈の薪の焚き付け方、何にもわからなくて」

「わたし、たまは、この子に手がかかるから、口でお願いすることが多くなります、手伝ってね」

「新しいことは、興味が湧きます、楽しいです。農作業も楽しみです。同じ事をみんなでやるって、いいことですね」

「食事が終わったので今日の、俺の体験談を言う。お稲荷様の隣にうちの畑があるが、この畑を『分地』という。畑には、どこの家もそうだが、糞尿溜がある。素晴らしい堆肥だが臭う。実は、転んだ時に落ちそうになってな。落ちなくてよかったよ。みんな気をつけろよ」

皆、笑いをこらえるのがやっとだった。八十吉だけが大きな声で笑っていた。

「さて、寝るとするか。百姓は夜は早く寝、朝早く起きるのでな」

「八十吉、明日の作業の予定は、何をするか指示を出してくれ」

「明日、起きた時にその場で考える。予定など立てない。天気はわからない、湿度や風もわからない、自分の体調もわからない」

「学校は年間行事計画を立て、変更があると役場に許可を求める、時間割は一週間決まっている、どの教科も同じ時間である。そしてすべての児童は同じことを求められる。違うんだね」

茂と志保は、竈(かまど)と囲炉裏の横に薪を運び、そして水瓶(かめ)に桶(おけ)で水を汲んで朝の準備をした。焚き付け用の松葉も横に置いた。

志保はたまに聞いた。

「お米を炊くときは、水はどのくらい」

「米は五合、水はお釜に入れて、手のくるぶしのあたりまで」

「囲炉裏は、どういうふうに片付けるの」

「十能(じゅうのう)を使って、熾(おき)を灰で盛っておいて、朝、掘り出して火を付けるの。竈の残った熾は、庭で水を掛けて消して溜めておく、冬、炬燵に入れる炭にするのよ」

「わかりました」

「志保さん、早く休みなさい」


四月十一日。朝から雨である。田植え期であれば、蓑(みの)を着て仕事をするが、さすがに今は寒い。まだ炬燵(こたつ)がいる。

茂は筆と硯が眼に入った。筆を見ると何か書きたい。まだ床の間に掛け軸がない。ちょうど薄茶色の紙があるので、書いて表装して飾ろう。

「菅原道眞の像の輪郭線を文字で書いてみるかな」

墨を摺って、小筆で書き始めた。

中央の胸の所に、

　贈一正位太政大臣菅原道眞

と書いて誤りに気が付いた。

「正しくは贈正一位だ。消せないから、このままにする」

左大臣藤原時平、右大臣菅原道眞の時、道眞が太宰権帥に左遷させられた。時平や藤原菅根が謀ったのではないかという。その後、二人の死、疫病・天変地変が続き、道眞の怨霊を恐れ、正一位・左大臣、その後太政大臣を贈られたと言われる。だから贈だ。道眞が太宰府に出発の時の歌を入れた。

贈一正位と書いた右手の笏（しゃく）の部分に、小さくカタカナで三行に書いた。

コチフカバニホヒヲコセヨウメノハナアルシナシトテ、これで行き止まり。

袖の下の部分、東風吹加婆匂乎於古世梅之花主無止弖春那忘洫と書いた。

「この図を見て子孫はどう思うかな。あと日付と署名だ」

　神武天皇即位紀元二千五百四十五年季明治十九念四月従一日

天穂日命二十八世天満宮三十二世正孫権大講義菅原朝臣阪井茂誠惶誠恐粛寫奉

最後に印を押す。

　白文印、天満宮三十二世正孫　　朱文印、菅原眞胤　　遊印、眞棠

出来上がった。表具屋さんに出そう。

「茂さん、お昼よ。まあ。遠くから見た時、線だと思ったら、字なんだ。こんな小さな字を筆で書くんだ。すごーい」と、志保が言うと、

八十吉、たまも見に来た。

「さすが。小字の天才。早く床の間に飾りたいなあ。床の間が寂しいって言ってたもんな」

「いやいや、それほどでもない。そこに筆があったから、書いただけだ」

「ちょうど、トシヱが寝付いたところだ」

「さあ、みんな一緒にご飯を食べよう。皆、集まっての食事はおいしいね」

田植えの時期は、この地域では五月下旬から六月中旬である。田植えまでの作業はきついが、苗を植える段階まで来ると、もう少しだ頑張ろうとなる。

苗代から、苗を朝のお茶の時まで取り、その苗を昼飯まで植える。午後、苗をお茶の時間まで取り、その後苗を植える。この繰り返しである。

田圃には裸足で入る。天気の良い日は、気持ちが良い。一人、三行を受け持って真っ直ぐ前に進んで植える。早く植えることのできる人は、四行受け持つ。苗は腰びくに入れる。

田植えは、短期間に植えないと苗が大きく成りすぎる、田圃の水管理が大変である。従って、隣近所、親戚が結いで仕事を行う。同じ手伝い日数をそのまま返す。坂井家は兄、紫芝家と結いを行うことが多い。今日も伊平、志うが手伝いに来た。志うが言った。

「あら、茂さんと志保さんは隣同士で植えて、仲がいいのね」

「違います、わたしは植えるのが遅いので、茂さんに手伝ってもらっているだけ」

「志保の鼻の頭に泥が付いているぞ。手でこすったずら」と八十吉が言う。

「ずらは志保にわかるかな」

「わかります。さっき、泥がはねた時よ」

「志保は、田植えは初めてだから少々傾いて植えているが、どんなふうに植えても、秋には立派な稲になるよ。浅く植えた方が良いが、深くなってもかまわないよ」と、伊平が言う。

「ああ、ごしたい。少し休むか」と、茂が言う。

「あら、茂さん、ごしたいだって、京都生まれなのに、言えるんだねえ」とたまが言う。

「京都の言葉は、はあるかしゃべっていないので、忘れてしまったよ」と、茂が言う。

「これだけ言えれば、茂は立派な信州人として認定する」と、伊平が言った。

田植えは、世間話などをしながら植えるのである。


こうして、田植えが終わると、お早苗(さな)ぶりをする。苗代の水口に、お酒やお菜を供え、自分でも少しのお酒を頂いて、田圃の神様に豊作を願うのである。その晩は、皆でお酒を頂いて祝う、風呂には苗代の苗を一束入れて清める。床の間に御神酒を供えて、豊作を願う。

田植えが終わり、七月十三日、旧暦で慶の新盆をおこなった。ごく近い親戚、近所の方に来ていただいた。


八月になった。八十吉が言った。

「昔から、百姓は二月と八月は仕事が少ない時とされ、二八(にっぱち)と言う。皆んな、少し体を休めてな。こう暑くちゃ、仕事をしろと言ってもできないけれど。秋になれば、稲刈りが始まるのでな。体力を温存しておいてほしい。

晴耕雨読とはいうが、農作業が始まると、晴耕雨耕だ。雨の日は雨の日の仕事がある。今のうちに、やりたいことをやったらいいよ」

茂は、夕食の時、ご飯のおかわりをしながら言った。

「木曽の諏訪神社の宮口さんから、連絡があった。以前、写真を撮ろうと約束していたが、その用意がようやくできたと連絡が来たので、行ってくるよ。久しぶりの木曽だから、前、住んでいたところに泊まってくるよ。志保は実家に行っておいで。お母さんが心配していると思う。帰りに、後藤さんとモトのところへ顔を出して、その後、一緒に帰ろう」

「宮口さん、写真屋さんを探すのはたいへんだったでしょうね」

「うん。写真は特別なことがないと、撮らないからね。中津川まで行って、お願いしてきたよ。午後、来てくれることになっている」

「宮口さんと大成教瑞穂社を結成して、何年になるだろうね」

「この間、整理してみたんだが、会員が千百九十四人だった。瑞穂社管長、長野岐阜県一等幹事の坂井さんの努力の結果ですよ」

「いやいや、宮口さんのおかげですよ。木曽地域は宮口さんが詳しいのでおかげでしたよ。今年は、伊那谷へ行ってから、活動が鈍っているが、申し訳ないね」

茂と宮口さんは、大成教の正装をして写真を撮った。宮口さんの床の間に平山省斎管長の大成教奉信神を書いた掛け軸を掛けた。

「私は、三枚いただきたいので」

茂は三枚申し込んだ。一枚は若江に、一枚はモトにやろうと思った。

そのあと、一泊して、茂は、予定通り七久保に帰った。


十一月二十九日に、島崎正樹さんがお亡くなりになったと耳に入った。

「あの正樹さんが……いろいろお世話になったなあ。正樹さんは、四歳、私より上で馬籠では名士だったけど、こんな私に気安くお声を掛けていただいた。神坂学校の教員になった時、四男春樹君が東京へ行く時、国学と大成教との話をしたことを思い出す。各方面で活躍されたことは有名である。惜しい人を亡くした。今度、永昌寺の墓を訪ねよう」

年末十九年十二月二十九日、慶の一年祭を執り行った。近い親戚だけで集まった。

墓の墓標は、まだきれいな状態である。花やさかきを飾った。

床の間にも同じように飾った。茂の書いた掛け軸が出来上がっていた。

当地では、榊は寒さ故、育たない。山に自生しているソヨゴをさかきとして用いている。榊はツバキの仲間で、黒い実だが、ソヨゴはモチノキの仲間で雌木に赤い実を付ける。

こうして、区切りを付けて二十年の新年を迎えるのである。

二

二月になって、予想も付かないことがおこった。

「坂井茂さんのお宅ですね。表札を見ました。さすが、うまい字ですね」

と、元大島村の上新井学校首座教員、宮沢源太郎氏と役場職員一名が訪れた。

「どのようなご用件でしょうか。まず、上座敷の方へお通しして。志保、お茶を差し上げて」

「要件を申し上げますと、明治二十年四月一日より、改正学区が実施されることになって、元大島、大島、山吹の三ヶ村を下伊那郡第四学区とし、本校を元大島のうち名子に、支校を山吹村に、派出所を大島村及び元大島村のうち上新井に設置し、校名を下伊那郡第四学区尋常元大島学校と称し、尋常科課程を施行することになりました。長くなり恐縮ですが、生徒の所属配分は、本校に元大島、大島村一円、山吹村竜口、増野。山吹支校には竜口、増野を除く山吹村の生徒を収容。大島は派出所には第三年まで、上新井派出所には第二年までの生徒を収容。四月一日開校をします。教師は本校に、宮沢源太郎、寺沢忠次郎、矢沢善四郎ほか三名、山吹支校に岩崎慶次郎ほか三名、大島派出所に深谷正男ほか一名、と決まりました。

もう少し申し上げますと、そのほか、宮澤稲實さん、この方は大洲七椙神社の神官さんですが、各校を回り、作法教授を行います。

上新井派出所に適任者がいなくて、坂井茂先生にとお願いに、お伺いいたしました。坂井先生は経験豊富で、人柄も良く、児童の教育には熱心だと、承っていますので、ぜひ、お願いしたいのです。すみません、前段が長くて」

「いや、私は、完全に教師を辞め、自然を相手に暮らそうと思っています。教員に復帰するつもりはありませんので、せっかく言ってくださいましたが、お断りを申し上げます」

「いやあ、困りました。四月一日開校ですので、準備もあり。いやあ、困りました。だめですか」

「はい、すみませんが」

二名は、帰って行った。

二週間ほどして、村長さんも一緒に来られた。

「今は、村や学校の制度が変わる時で、二年後も変わるとか言われています。村では変革に苦慮しています。どうか、お力をお貸しください」

「家族に迷惑を掛けられませんから、今晩、家族会議を開いて意向を聞いてみますが、私自身は、家族優先と思っていますので、期待しないでください。ただ、経験上、早く結論を出さないと公務に差し支えますから、できるだけ早く、お返事します」

その日の夕食時、坂井家の家族会議をした。

「というわけで、元大島村上新井学校派出所に来てくれということだが、わしは断ろうと思う。こうして、ようやく家族皆んなで仕事ができるようになった。わしのわがままで、八十吉には、何年も一人で頑張ってもらったんだから、これ以上苦労をかけたくない」

「義父（おとう）さん。正直、俺は一人の時があった。でも今、こうして家族が一緒になり、子供が生まれ、幸せですよ。志保さん、いや義母（おかあ）さんを家族に迎え俺は何の不足もない。義父さんの得意な教員に戻ってください。俺は、まだ二十九歳で体は丈夫だから」

「ほかの者はどう思うかな、たまは、志保は」

「たまは、教員に戻っていいと思う。茂さんの使命だと思う」

「そうか。わしは日曜日や休日には農作業をやるつもりだ。志保が前に言ったように、家族皆んなでひとつのことに取り組むことは、幸せで楽しい。農作業がいやで、教員に戻ったと思われると悲しい」

「茂さん、志保はおいしい弁当を作るから、と言っても梅干し、味噌漬けは毎日になるけど、皆の意見に従います」

家族は皆、教員に復帰することを許してくれた。

でも、茂は、その夜、布団の中で、これでいいだろうか、間違っていないだろうかと、心に問うていた。教員をしていて、慶には何の協力もせずに迷惑を掛けて、若くして亡くしてしまったではないか。だから、辞めたんだ……。だが、心を新たにしようか。そう誓って布団をかぶった。

茂は、次の日、教員の承諾を連絡した。

茂は、四月一日、上新井派出所に勤務を始めた。二年までの児童は男二十二名、女十一名であった。

今まで、どこも通勤は五里ほどの遠距離であったが、七久保から元大島までは二里半であった。

時々、宮澤稲實先生とも会って、神社の話になった。

「坂井先生、昨年の九月二十七日には、大洲七椙神社でお世話になりました」

「七椙神社の、菅原道眞を祀った天満天神宮の祠の祝詞奉納の時でしたね」

「坂井先生には、道眞と関係があると伺って、より御利益があると願って、祝詞をあげてもらったのですが」

「あの時は、こちらこそお世話になりました。それにしても境内の大きな杉は見事ですね。それが何本もあって」

「大きな神社だから、なかなか維持管理が大変ですよ。杉は葉が落ちますから、その片付けもね。杉のあるところは坂ですからね。産子の皆さん、神社総代の皆さんの協力なしには掃除もできません。

実は、今度、産子の皆さんに助けられて、大きな石灯籠を建てようと、二十四年を目標にお金の積み立てをしているところです。出来上がると、県下随一の物になりそうです」

「費用が掛かる大きな事業をやることは大変ですね。よくわかります」

「坂井先生も、天満天神宮の社の縁で、よろしくお願いします」

「宮澤先生も、何年か神官としてこれからもご苦労さまでございます」

三

茂は自分のこと坂井家のことを書いて残そうと思い立った。「坂井家創立記」である。記録や記憶のあるうちに書いておきたいと思った。あるいは記憶違いがあるかもしれない。記憶のまま正直に書けないかもしれない。

茂は、まず坂井家を起こした理由を書いた。京都の自分の誕生から信濃へ来て、垣本から坂井になったこと、慶との結婚、八十吉の養子のこと、兄、伊平の隣の地に住所を定めたこと。それ以上は書かなくとも、戸籍を見ればわかるし、香奠帳を見ればわかる。木曽でのことは、八十吉に迷惑をかけたから、少し控えて書こうと思った。

茂は、自分の人生を振り返りながら書いた。今、現在はどう評価されるかな。いや、他人の評価などどうでもいい。今は自分が納得できるとは思っていない。自分のための人生ではなく、人としてどう生きたかだ。京都を出るとき、お母さんが言った、自分のために生きるのではなく、人のために生きなさいという言葉はいつも思い出されるが、いつも反省させられてきた。出家して、厳しい修行をしなければ、甘い人生になってしまうような気がする。

過去、天皇や大臣が出家をしたことは、歴史上多くあるが、皆、世に迷ったり、自分に迷ったりしたのである。一条天皇の后、定子が崩御された時、藤原成房、源成信、そして藤原重家が出家したのも、若い公達らの無常感から来たことであろう。藤原道長の政治を近くで見ていた公達である。千年前のことである。

人の真の評価は、千年という年月が決めてくれるであろう。

四

二十一年正月。八十吉とたまの長男が誕生した。

「義父さん、坂井家の長男が生まれたので、名前を付けてくれないですか。トシヱの時は、たまと二人で付けたけど、今度はお願いします」

「そうかい、わかった。……。清（キヨシ）としよう。命名書を書こう」

明治二十一年一月十一日　午後十二時生誕
長野懸下　信濃國上伊那郡七久保村三百四番地平民
坂井八十吉　長男　母　北澤多満子
坂井　清（キヨシ）

産土　七久保神社
養祖父　天満宮三十二世正孫
同年同月　十二日　大講義阪井茂誌
印　印

「清という名は、知久平の坂井清司さんから取った。わしに最初に声をかけてくれた命の恩人で、人格者であり人柄に惹かれた。今あるのも、その人のおかげだ。恩は忘れない。その人にあやかりたい。

　産土（うぶすな）七窪神社を、間違って七久保神社と書いてしまったけど、そのままにしておこう。多満子は尊敬する意味で漢字にし、子を付けた。印は、床の間の掛け軸を書いた時と同じ印だ。命名書を床の間の正面に置こう。

　お宮参りはいつになるんだ。男の子は普通は、生後三十一日目、一、二、三、四……二月十日だ。さっそく、誕生の報告とお宮参りの日を、北澤家に報告しよう。赤ちゃんに着せる物、自分達が着る物、お祝いの席などの準備がたいへんだ。ただ、トシヱの時の書き付けを見て行えば、前ほど大変ではない。着る物は、前と同じでよい」

神主さんにはお願いしないで、産土七窪神社に皆で行って、参拝をしようということになった。たまの母、りみこさんが清を抱いて、参拝した。

茂は、祖父祖母、父母について、記録をしていないことに気が付いた。今書いておかないと忘れてしまう。「合斎（がっさい）」と書いて、心は法事の気持ちになろうと思った。合斎とは年忌をまとめてすることだがな。

祖父垣本大和守菅原朝臣雪臣雪光院殿大人命　天保十一年歿一月三日六十三
祖母藤原河副艶子高照院殿刀自命　文政十年歿五月三日四十三
父垣本治部少輔菅原朝臣義忠順治院殿大人命　天保十四年歿七月十一日四十二
母菅原垣本八重子照光院殿刀自命　明治六年歿五月二十四日六十六

これで良し。

母、八重子から聞いていたが、茂の祖父、雪臣は、京都四条派の画家であり、歌人であった。号は葒町。「けむり草」「葒（たで）の落穂」の著作があり、有職故実にも詳しかったとのこと。でも、五歳の時に雪臣おじいさんは亡くなったので、あまり覚えてはいない。

待てよ、まだ死んでないが、自分も書いておこう。いずれ死ぬ。

権大講義垣本坂井茂菅原朝臣眞胤亥院命

嫡妻源紫芝慶子妙々院刀自命　　明治十九年一月二日三十九

自分で朝臣とは、おこがましいな。ついでに、隣に、志保も書いとくか。まあ、いいだろう。ほんとに志保は、よくやってくれる。不平を言ったことがない。

後妻源館野志保子貞操院刀自命

そうだなあ。志保の父母も書くか。お母さんは健在だけどな。

父源館野怡之吉元武誠心院大人命　　明治十三年五月二十一日

母源佐治房子瑞雲院刀自命

これで、死亡日を子孫が記入すれば、完成する。ただ、この字は全部読めるかなと心配だった。

日曜日の午後、茂と志保二人で、畑の草掻き作業に出かけた。坂井家では、「むくり」と呼んでいる畑である。夏は、畑に雑草がよく育つ。アカザやスベリヒユは取っても取っても生えてくる。二人は馴れない手つきで、クサカキという道具で掻く。天気が良いのですぐ枯れてくれる。汗びっしょりである。時々、風が吹くと、気持ちがいい。手で汗を拭くと、顔が真っ黒になる。畑に柿の木や桐を植えてあり、その木陰で休む。時間によっては、隣にある松林が木陰になる。

食べ物は持って来ていない。山の緑がごちそうである。

これから種を蒔くのは、八月二十日頃から、菜葉(なっぱ)いろいろ、九月初めに大根、九月十日頃、蕪菜(かぶな)。これらは、味噌汁の具や、冬の漬物となる。

「志保、また、種を蒔く時、手伝ってな。今日は疲れたかな」

「うん、わたしは疲れは直ぐ取れる。はははは」

「志保、痛いところはないか」

「頭と首が少々痛いけど、我慢できるよ。この若さで神経痛かな」

「あれ、わしも志保と同じところが少々痛いよ。昔から、中風の気もあるけど。志保、痛いところを揉んでやるよ」

「気持ちだけ、いただきます」

「志保、夕日を見てごらん。西山にかかっている雲が、真っ赤に染まっているよ。明日も晴れそうだ」

「夕日って、なんか癒やしてくれるね。ここから見る夕暮れは大好き」

第七章

一

「茂さん、できちゃったみたい」

「何が、できたんだい。……まさかあれか」

「あれよ」

「え。え。ほんと。うれしいね」

「でも、もう少しほかの人には黙っててね。名前は、男の子だったら茂實、女の子だったら茂子がいいな」

「おいおい。もう名前のことかよ。でも、男だったら保實、女だったら保子かな」

二十二年の正月は、清(キヨシ)の一歳の誕生を祝った。トシヱは満三歳になろうとしていた。

清の一歳の誕生日に、たまの実家をお呼びしお祝いをした。

清に餅を背負わせたり、箕の中に清を入れて、

「良い実だけ残れ、粃は飛んでけ、良い実だけ残れ、粃は飛んでけ」

と箕を揺すった。これが一歳を祝う風習である。


「茂さん、はい、弁当。今日は、シソの梅漬け、シマウリの味噌漬け、卵焼き、蕪菜の塩漬け、たくあん漬け、それとみかん一つよ。漬物ばかりでごめんね」

「ありがとう。児童は弁当を食べる時間が待ち遠しい。わしもだけど。漬物はご飯に合って美味しいよ」

「行ってらっしゃい」

「行って来ます」


人事の異動があって、元大島学校、宮沢源太郎は下伊那郡書記に転出し、二十一年三月より唐沢藤作が校長となっていた。

二十二年四月一日（来年度である）、町村制実施に伴い、学区改正し、同年七月をもって、大島尋常小学校及び大島派出所、上新井派出所設置開校となる予定である。

二

二十二年三月十日である。

八十吉は、土間にある凸型の石の上で藁を叩いて、縄を綯(な)っていた。たまは裏口を出たところに居て、襁褓(おしめ)の洗濯をしていた。志保は、囲炉裏の横に薪を運んで土間を行ったり来たりしていた。

と、その時、

「私は坂井茂先生の同僚の宮澤稲實です。た、大変です。坂井茂さんが、突然お亡くなりになってしまいました」

「何だって、何だって。え。今朝、元気そうに出かけたよ」

「昼前、校内で倒れまして。直ぐ医者を呼びましたがだめでした。弁当はそのままでした」

志保はその場に膝から崩れてしまった。

「うそだよ、そんなこと……」と言ったきり、土間に倒れてしまった。

「たま、すぐ伊平を呼んで」

すぐ、伊平、志う、儀八がとんで来た。

「おい。どうした、何だって」

伊平が大きな声で叫んだ。

「私は宮澤という者です。今、唐沢校長以下岩崎、矢沢先生が対応していますが、私がお知らせを引き受けて参りました。医者が診断書を作成しています。人足をお願いします」

その時、清が大声で泣き出した。たまが抱きかかえ、あやしている。トシヱはたまに抱きついている。

志保は、放心状態で、泣きじゃくっている。志うが志保の背中をさすっているが、何も言葉が出てこない。八十吉が言った。

「伊平兄さん。隣近所の方を頼みます。俺は親戚に連絡する。宮澤先生、至急籠人足をお願いして、学校へ向かわせます」


さっそく、葬儀相談が行われた。慶の香奠帳や書き付けを見て、ほぼ、同じ役割分担で行こうとなった。

三月十二日、午後四時葬送と決定。

喪主坂井八十吉、齋主祠掌松村茂穂　記録記帳親戚

籠人足は、紫芝鶴吉以下総勢七名。すぐ、行くことになった。

「八十吉より、籠人足の方にお願いします。一名の方は、飯田町の館野一郎さんに連絡してください。家は、傳馬町を行って角を左に曲がって、上馬場町に入った所の家です。搬送帰りに、たまの実家、上片桐の諏訪形、北澤由三郎さんに連絡して来てください」

籠人足七名が学校に到着すると、茂が無言のまま横たわっていた。唐沢藤作校長以下、教員が迎えを待っていた。

「こんなことになってしまって、なんとも言葉が出ません。医者の方も手を尽くしてくれましたが、残念なことになってしまいました。坂井先生は、児童にも慕われ、経験豊富で学ぶことが多くありました」

「坂井家の方から、大変お世話になりましたと申しておりました」と紫芝鶴吉が伝えた。

「これが、死亡診断書になります。お渡しください」


坂井茂、明治二十二年三月十日歿　天保六年二月四日生　五十五歳

若江への連絡は、慶の時に連絡をした同じ者が担当したが、モト、木曽のかねさんには連絡が行かなかった。

墓標を持つのは紫芝伊平。

霊柩　北澤由三郎　館野一郎　福澤崎右衛門　秋廣傳右衛門四名

以下隊列を組んだ。若江は花を持って、隊列の最後に従った。

墓は、坂井家の南西で、直ぐ近くである。慶の墓標の隣に、真新しい墓標が立った。

志保は葬式中雑用に追われた。

葬式後も後処理の雑用に追われた。何も落ち着いて考える余裕はなかった。

「誰もが経験するんだ、わたしだけではないんだ」と、自分に言い聞かせた。

三月十五日、大成教管長平山省斎より「……哀悼ノ至ニ堪ヘス在職中ノ勤労ヲ追念シ幣帛料別單ノ通之ヲ供附スル者ナリ。本部大教館落成ノ上ハ永ク祖霊社ヘ鎮祭スベシ」の賞詞が届けられた。

三

六月の末、田植えは、終わった。たまは出産を控え、農作業には携われなかった。志保にもお腹には、七ヶ月ほどの赤ちゃんがいる。でも、懸命に頑張った。

茂が亡くなってから、四ヶ月間あれこれ悩んでいたことがあった。

母に相談することにした。

「田植えも終わり、旧盆も近いので、ちょっと実家へ行って来たいんだけど」

「行っといで。ゆっくりしといで。お母さんのお手伝いをしてきて」

八十吉もたまも本心悩んでいた。志保の立場を考えた時、どうしたらいいだろう。志保はどうすれば幸せといえるのだろうか。


「お母さん、私のお腹には、茂さんの赤ちゃんがいます。坂井家には今三人目の赤ちゃんが生まれそうです。清ちゃんは坂井家の長男です。私の子は、男であれば茂さんの長男、女であれば、二女です。このまま生まれれば、同居することになります。茂さんがいれば、良い方法もあるでしょうけど、もし男の子だったら坂井家の長男が二人になるの。毎日悩んでいるの。どうしたらいい、どうしたらいいの」

「わたしも、二人の子を抱えて、お父さんが亡くなった時、目の前が真っ暗になったのよ。でも、内職をして二人を育てていくって、覚悟を決めたのよ。お前も、今、目の前が真っ暗でしょう。お母さんと一緒にこの子を育てようよ。この子の将来の幸せを考えた時、わたしはそれが一番いいと思う」

「私も、この子の為にどうすれば、いいのか、なの。お母さんの言うとおりかもしれない。お母さんには迷惑をかけることになるけど、覚悟を決めます。最後まで茂さんと生きるということよ。お母さん、一郎兄さん、七久保へ一緒に行って、話し合いをしてくれる」

「よく来てくれました。わしもたまも、志保さんの生まれてくる子が、どうすれば幸せなのか、悩んできたんです。もちろん志保さんの幸せもです。私たちとしては、養父茂の子ですから、区別なく育てたいと思いますが、この子たちが大人になった時お互い、どう思うかと悩むところです」と八十吉が言うと、一郎が発言した。

「私は、まだ若いので的外れを申すかと思いますが。先日の葬式の時に、柩を担がせていただいた時、思ったのです。これは、志保に対して、天人が試練を与えたと思ったのです。その試練を越える時、本人が一人で越えるのではなく、周りにいる仲間がどう支えるのかによって、天人は、評価をしてくれると思ったのです。天人は、それを見たいのです。私は妹の志保を支えますから、実家に戻してもらっていいですか」

「しっかりした兄さんですね。志保さんが坂井家に来ていただいて、楽しく、何のわだかまりもなく、家族として仕事をしていただいて、本当に感謝しています」

「私、志保も、坂井家の皆さんと、仲良く、協力し合って、暮らせてうれしかったです。親切にしていただいて感謝しています。私は、新しいこと、すばらしいことを経験させていただきました。茂さんと出会って良かったと思っています。出会わなかったら、こんないい経験ができなかったと思います。農作業は本当に楽しかったです。八十吉さん、たまさんに思い出をいっぱいいただいて、実家に戻ります。これが私の、人生における縁だったんです。縁を受け入れます」

「志保の母としては、それが一番良いかなと思います」

「そうですか。私たちもこれが縁だったんですね。では、書類はわしの方で用意させていただきます。親戚の証人の方二名お願いしておきます。印鑑を持って来てください。七月の十五日はいかがでしょうか」

「ありがとうございます。館野家の戸主として私、一郎が参ります」

七月十五日になった。書類は八十吉が書いて、集まった全員で確認した。

「夫と死別して再婚していない人を寡婦というから、願いには寡婦離縁願と書きました。署名は本人が書いて、印も押してください」と八十吉が書類を回した。

寡婦離縁願

上伊那郡七久保村三百四番地平民
坂井八十吉
養母　志保
文久二年三月十六日生

右は、義父茂が本年三月十日死亡に付き、実家館野一郎方へ……双方協議相成り、親戚連署して願上げます。

明治二十二年七月十五日

右願人　坂井八十吉　印
入籍戸主　館野一郎　印
送籍本人　志保　拇印
親戚証人　紫芝伊平　印
同　大嶋久次郎　印

七久保村　助役　林庄太郎　職印

上伊那郡長　金井清志殿

書類を作成中、産婆さんが来られた。たまの出産が近いということで、産婆さんには事前にお願いをしていたが、たまが産気づき志うさんが急いで産婆さんを迎えにとんで行ったのだった。

志うさんの協力を得て、別室でたまに二女が誕生した。事前に名前が用意されていて、よ志ゑという。

八十吉は皆に諮った。

「偶然ですが、今、妻の出産がありまして。急に忙しく、慌ただしくなりました。

出生届を先に出します。

後日、この願い書を役場に持って行きますがよろしいでしょうか、日付はすでに書いてしまってありますが、訂正して届けます。少し日をずらします。日にちは任せてもらえますか」

こんな奇なことは、物語にもあるものではないと、皆、思った。

明治二十二年七月三十一日付に役場で助役印を押し、訂正した。郡長の許可は、八月一日付となった。

四

「志保、郡長の許可が下りたから、送籍日はいつにしようか。実家に帰る日に、役場に届けを出そうか。慌てることはないから」と、八十吉が言う。

「はい。たまさんは産後で大変だから、その間、私が炊事のことをします。そろそろ大根の種を蒔かなければならないから、私が蒔きます」

たまは、名残惜しく、志保にいつまでもいてほしいと思っていた。

「すぐ行かなくていいからね。生活を一緒にすると、別れって辛いものね」

「はい、辛いです。トシヱちゃんは私にも懐いているし、清ちゃんもよ志ゑちゃんもかわいいし」

今月の三十一日。役場へ送籍の届けをすることになった。

「身の回りの物を、整理しておきます。三十一日、夕方にお母さんと一郎兄さんが荷物を受け取りに来ます。どの品を見ても、その時、その時のことが思い出されます。ありがたくいただいていきます」

「志保さん、これ、たまの簪（かんざし）、あげるよ」

「まあ、珊瑚の簪、貴重な物をありがとう。大切にします」

五

八月三十一日、よく晴れていた。まだまだ残暑厳しかった。

志保は、夕方、二人を待つ間、家の周りを一周してみた。西の山はこれから紅葉が始まるであろう。庭のドウダンツツジも間もなく紅葉する。南側にある井戸の水が限りなく池に流れ込んでいる。池の鯉がいつものように悠長に泳いでいる。つまずいた石がまだここに転がっている。東側に立っている柿の木は干し柿を作ったことを思い出す。

味噌部屋は、土間で薄暗く、明かり取りの小窓が一つあった。丸太二本の上に、味噌、醬油、糠（ぬか）漬けや塩漬けなど漬物を入れた桶や瓶があり、独特の甘い香りを味わいながら、毎日何回も出入りした。志保の個室のようになっていた。茂の葬儀の時、漬物を出すふりをして、涙を拭う場所になった。

土間を通って、玄関へ出てみた。竈や囲炉裏やそして玄関の戸までも、名残惜しそうに、志保の方を見ていた。馬は寝ていたけど、起こしたくなかった。

伊平さん、志うさん、儀八さん三人が別れに来ている。

「八十吉、玄関の表札に、よ志ゑを加えて書き直さないとな」

「しばらく直せないよ。わし、字がへただから」と、八十吉が言った。

たまは、トシヱと清を縁側に並ばせ、泣いているよ志ゑの襁褓(おしめ)を替えていた。

縁側から見える床の間には、茂の書いた道眞像の掛け軸がぽつんと掛けてある。

房子、一郎が到着した。唐草模様の風呂敷に包んだ荷物、行李(こうり)二つ、縁側から運んだ。

志保は、茂からもらった絣(かすり)の着物を着ていた。薄く口紅を付けていた。

「元気でね。気持ちわかるよ」と志うが志保に近づいて、小さな声で言った。

その時、志保は急に涙が流れて、しゃべることができなかった。志うは志保の涙を手で拭ってやった。

房子が挨拶をした。

「大変お世話になりました。茂さんのお墓に挨拶して帰ります」

庭で八人が、無言で頭を下げた。

墓は、畑の中のイチイの木に囲まれている。茂の墓標と、隣に慶の墓標が並んで立っている。茂の墓標は真新しい。西日を受けて、二つの墓標の影が、東の方に長く伸びていた。花を飾ろうと、房子と志保が墓の前に咲いている禊萩（ミソハギ）と桔梗（キキョウ）を取って竹筒の花立てに挿した。

「そこの土手に、吾亦紅（ワレモコウ）があった」

一郎が取って来て、いっしょに飾った。

茂の墓標の前に三人は横に並んで、静かに手を合わせた。

「茂さんのいのち……」

と、志保はお腹に手をやってつぶやいた。

あとがき

茂は、天保六年山城國で生まれ、明治二十二年信濃國で歿しました。島崎藤村の父も同時代です。天保の大飢饉の中で、一揆が多発していたころ生まれ育ったのです。民衆は、この時代、何を思い、神仏に何を祈ったのでしょうか。季節の移り変わりを愛で、家族の健康や幸せを祈ったのではないでしょうか。いつの時代とも同じように。

取材に当たり、神社、寺院、資料館、図書館等多くの皆様に協力をいただきました。本制作には編集、校正、装幀、印刷・製本等関係の方々にお世話になりました。関係したすべての皆様に感謝申し上げます。

参考文献・資料

『長野県教育史』長野県教育史刊行会、第一巻「総説編」、第九巻「史料編」、別巻一「調査統計」
『長野県上伊那誌』上伊那誌刊行会、第四巻人物篇
『学制百年史』文部科学省　学制百年史編集委員会「二、学制の制定」
『大島村誌』大島村誌編纂委員会
『松川町史』第二巻　松川町資料館町史編纂事務局
「松川町教育関係資料」松川町資料館
『大桑村小学校百年誌』大桑小学校沿革概要
『西筑摩一覧』藤森平五郎編
神坂小学校、山口小学校ホームページ
『木曽教育会百年誌』『山口村誌』下巻、中津川市中山道歴史資料館
『藤村全集』筑摩書房、第十五巻「島崎氏年譜二」、「ノート」
『藤村全集』筑摩書房、第十七巻「藤村年譜（二）」
『現代日本文学大系13　島崎藤村集（一）』筑摩書房、「島崎藤村の秘密（西丸四方）」

『夜明け前』第一部（上）（下）、第二部（上）（下）、島崎藤村著、新潮社
『生ひ立ちの記』島崎藤村著、岩波書店
『楢川ブックレット3　もうひとつの「夜明け前」』上條宏之著、楢川村教育委員会
「本学神社をつくった人たちの明治」松上清志
「国学四大人を祀る本学神社」高森町歴史民俗資料館
『消された飯田藩と江戸幕府』鈴川博著、南信州新聞社出版局
「町村合併」ウィキペディアフリー百科事典
『平山省斎と明治の神道』鎌田東二著、春秋社
『飯田の今昔家並帳』光文堂（飯田市図書館資料）
『全国郵便局沿革録　明治篇』日本郵趣出版
『飯島陣屋ブックレット　伊那県時代　お役人』飯島町歴史民俗資料館

■茂自筆資料

坂井家創立記（茂の生い立ち）、毎晨拜詞（大成教拜詞、本学神社関係、大洲七椙神社への祝詞、家族関係）、伊平からの分与書類、合齋、菅原道眞像の掛け軸、慶の香奠帳・位牌、清の命名書、志保との結婚祝儀録、系図

■茂関係保管資料

戸籍簿、茂の香奠帳、大成教管長平山省斎の署名の書類・哀悼文、モト及び志保との関係資料（役場関係含む）、慶・茂墓石建立時の大洲七椙神社神官宮澤稲實の祝詞、陣笠、茂神官写真、雪臣の自筆短冊

坂井　寛（さかい　ひろし）

1945年、長野県生まれ
法政大学文学部地理学科卒業
民間企業を経て長野県高等学校教諭を歴任

茂ものがたり

2024年 7 月23日　初版第 1 刷発行

著　　者　坂井　寛
発 行 者　中田典昭
発 行 所　東京図書出版
発行発売　株式会社 リフレ出版
　　　　　〒112-0001　東京都文京区白山 5-4-1-2F
　　　　　電話 (03)6772-7906　FAX 0120-41-8080
印　　刷　株式会社 ブレイン

ISBN978-4-86641-776-9 C0093
Printed in Japan 2024